JN233607

親指さがし

山田悠介

oyayubi sagashi

yamada yusuke

幻冬舎

親指さがし

親指さがし　目次

装画　サイトウ　ユウスケ
装幀　鈴木成一デザイン室

封印

1

「私、小さい頃から霊感がものすごく強くて、何度も霊を見たことがあるんです」

画面の中で無邪気に話す人気女性タレントの言葉に、武は興味を示した。ゆっくりと起き上がり、ベッドの上であぐらをかいた。

「本当ですか？」

司会者がわざとらしくタレントにそう尋ねる。

「ええ、一番最初に見たのは小学校三年生の頃でしょうか。突然、夜中に目が覚めたんです。そうしたら自分の足下に、死んだはずのおじいちゃんが立っていたんです。何か喋《しゃべ》りかけている気がしたんですけど、何を言っているのかは分かりませんでした。おじいちゃん？　って私が問いかけると、フワッとおじいちゃんは消えてしまいました」

「怖くありませんでした？」

司会者が興味深そうに尋ねた。女性タレントは首を横に振った。

「全然怖くなかったです。むしろ嬉《うれ》しかったです。私、おじいちゃん子でしたから」

「でも僕だったらビックリしちゃうな。死んだはずの人間が立っていたら」

司会者のオーバーリアクション。女性タレントはクスクスと笑いながら、そうですよね、と言葉を返す。

「でも、なぜか私の見る霊は怖くないんです。金縛りに遭《あ》った時にも、小さな妖精が私の目の前を駆け回っていたり。あれは意味が分からなかったなあ」

「それは分からないよね」

司会者は笑みを浮かべる。

「それと私、一度だけ幽体離脱を体験しているんです」

「ユウタイリダツ？」

武は敏感に反応し、さらにテレビに釘付《くぎづ》けとなった。

「先生。ユウタイリダツというのは？」

司会者が霊能者の方を向いてそう訊《き》いた。

体中に様々な数珠《じゅず》をつけた霊能者が口を開いた。

「簡単に説明すると、自分の体から魂だけが抜け出してしまうと言ったら分かりやすいでしょうかね。その魂は自由自在に動き回ることができる。それが、幽体離脱というものです。それは夢なんだと言う人もいるようですが、私はそうだとは思いません」

司会者はなるほどなるほどと頷《うなず》いた。

「本当にそんな体験を？」

女性タレントに再び体を向ける。

「はい、本当なんです。その時も突然、夜中に目が覚めたんです。でも驚いたことに、眠っている自分が見えるんです。その時は怖くなりました。自分が浮いているんです」

「それでそれで？」

「ふわふわと飛んでいる自分に嬉しくなって、私は家から外に出て色々なところを飛んで回ったんですけど、突然、帰らないといけない、という危機的な考えがよぎって自分の体に戻りました。気がつくと朝を迎えていたんです」

それを聞いた司会者は、渋い表情を浮かべて腕を組んだ。なるほどねえと頷き、

「僕には想像がつかないな。一度もそういう体験はないですからね。でも小さい頃に、怖い話や噂《うわさ》話で盛り上がった記憶はありますね。自分たちで怖い噂話を作ったこともあったなあ」

噂話……。

武は反射的にテレビの電源を消していた。再び静寂が訪れた。一つ息を吐いて、ベッドから立ち上がり、武は勉強机の前に座った。

机の上は散らかっていた。ノートパソコン。マンガ。大学の教材。小銭とコンビニのレシート。サングラス。輪ゴム。消しゴムも転がっている。しかし、どれだけ散乱していようと、あるものだけは大切にしまってある。あれからもう七年が経《た》つのだ。

武は棚に置いてある小学校の卒業文集に手を伸ばした。ページをめくってみる。

『僕の夢』六年三組。沢武。

僕は将来、世界一のコックになりたい。なぜそう思うのかというと、たまたまテレビを見ていた時、あるコックさんがすごくおいしそうな料理を作っていたからです。それをお客さんたちに出していました。それを食べたお客さんはすごくおいしいと満足そうな顔をしていました。それを見た時、僕もおいしい料理を作ってみたいなと思いました。将来は外国へ修業に行って、自分のお店を開き、おいしい料理を作って、食べに来てくれたお客さんにおいしいと言われるようになりたいです。だからこれからいっぱい料理の勉強をしたいと思っています。

自分の文集を読み終えた武は微笑《ほほえ》んでいた。今はそんなこと、考えてもいない。包丁すら使えないし、興味もない。あの時、たまたまコックになりたいと思っていただけなのだ。コックになりたいと書いた自分がおかしかった。大抵はそうだ。小さな頃の夢を叶《かな》えた人間などあまりいない。将来のことなんか分からない。今は夢を抱くこともなく、平凡な生活を送っている。いや、違う。何かを考える時、将来を考える時、必ず由美のことが頭をよぎってしまう。過去を引きずっている。武は罪悪感というものをずっと背負っていた。


『六年間の思い出と私の夢』六年三組。田所由美。

私はこの六年間で色々な友達ができました。特に仲良くなったのは六年生の時に一緒だった沢君と知恵ちゃんと五十嵐君と吉田君の四人です。修学旅行の班も一緒でした。放課後は五人で遊ぶことが多かったです。私の家に集まってテレビゲームをしたり、トランプをしたり、公園でかくれんぼをしたりしてすごく楽しかったです。

知恵ちゃんとビーズでアクセサリーを作ったこともありました。大人になるまで切れなければ、何でも願いごとが叶う指輪を作ったこともありました。ずっと大切にしようと思います。

それと私は学校の先生になりたいと思っています。できれば小学校の先生になりたいです。担任の板垣先生のような明るくて優しい先生になりたいです。だから中学に入ったらいっぱい勉強をして先生になれるように努力したいです。

武は静かに文集を閉じた。もしあの時、自分たちがあんなことをしなければ、由美は学校の先生になるために今も努力していたかもしれないし、教師とは関係なく、違う目標に向かっていたかもしれない。どちらにせよ、由美はもういない。あの時、あの瞬間から由美の夢は叶えられなくなったのだ。

『親指さがし』

あの時、あんなことをしなければ。

2

トンネルに入ると、車内に差し込んでいた太陽の光が一気に遮断された。

夕方四時。武は電車に揺られていた。ガタ、ゴト、ガタ、ゴトと一定のリズムで電車は進んでいく。

三月二十五日。大学はもうとっくに春休みに入っている。武は大学の友人である土谷裕樹とつい先ほどまで一緒にいた。突然電話がかかってきたかと思えば、そろそろ車を買うから一緒に見に行こう、つき合ってくれ、という誘いだった。バイトも入ってはおらず、何もすることがなかった武は裕樹につき合うことにした。おかげで朝からふりまわされていたというわけだ。

この日は武にとって忘れられない日であった。いや、忘れてはいけない日。由美が突然いなくなってちょうど七年が経つのだ。あっという間の七年間。武は今年二十歳になる。

今も由美は生きているのか。

生きていてほしいという願い。だが諦《あきら》めの気持ちがないといったら嘘《うそ》になる。この七年間、由美に関する情報が、一つもなかったのだから。

もう自分は大人になってしまう。そんなことを考えながら裕樹とのやりとりを思い出していた。

結局、裕樹の気に入った車は見つからなかった。駅までの帰り道、裕樹は車の話ばかりをし続けた。

「もう後は技能試験だけだから、免許取ってすぐ乗れるように、早く車買わないとな」

妙にテンションが高く、普段でさえお喋り好きの裕樹を相手にするのは疲れるものがあった。

裕樹とは同じ文学部で、授業で隣り合わせに座ったのがきっかけで少しずつ親しくなり、今では休日に会うほどである。

「おい、武」

武はハッと我に返った。七年前のことを思い出していたのだ。

「ああ、悪い。それで何だっけ？」

裕樹は苛《いら》ついたようにチッと舌打ちをした。

「だから、学科試験は難しかったかって」

武は高校卒業と同時に車の免許を取っている。学科も技能も全てスムーズに進んだ。一応は先輩だ。

「ああ、まあな。そこそこ頑張らないと合格しないよ」

「そんなことは分かってるよ。ちょっとさ、俺に問題出してみてくれない？」

「問題なんて憶えてねえよ。俺だって、今やっても合格しないよ。多分ね」

「それならさ、お前流の問題でいいよ。ちょっと出してみてくれよ」

「俺流って言われてもな……」

武は首を傾《かし》げた。

「何だよ。使えねーな。ま、いいや。試験当日になれば何とかなるだろうし」

相変わらず裕樹は能天気だった。それからもペチャクチャと、お喋りな女のように言葉を重ねていく。

「なあ」

裕樹の言葉を遮《さえぎ》り、武は口を開いた。

「うん？　どうした。急に深刻になって」

無意識のうちにあのことを話そうとしている自分に気がついた。

「ごめん。何でもない」

裕樹は焦《じ》れたように返してくる。

「何だよ。気になるだろ。言えよ」

「いや、本当に何でもないからさ」

「いいから言ってみろって」

こうなると裕樹はしつこかった。言うまで解放してくれないようなので、仕方なく、あくまでも噂話として武は話をしたのだ。

「ただの噂話なんだけどさ」

裕樹は、ああと頷く。

「ただ急に思い出しただけなんだけど」

「だから何だよ」

「俺たちが小学生くらいの時にさ、親指さがしっていう噂話聞いたことあるか？」

武はとうとう封印を破ってしまった。

「親指さがし？　何だよそれ」

裕樹は気味悪そうに顔を顰《しか》める。武はうまくごまかした。

「いや、俺もただ聞いただけなんだ。急に気になっちゃってさ」

「ふーん。でも本当に知らないよ」

「そ、そうだよな」

作った笑みで取り繕うと、再び裕樹の車の話が始まった。もうその話題の方が気が楽だった。


不意に電車が激しく揺れて、武は吊革につかまっている自分に気づいた。隣の人間とぶつかってしまったので、軽く頭を下げ、すみませんと小さく謝った。

吊革につかまりながら、窓の外の風景をボーッと見つめていると、前に座っている女子高生三人組の会話が聞こえてきた。聞くつもりはないが、自然と耳に入ってきてしまうのだ。

「今日の映画怖かったよね。特にさ、最後の場面なんて」

「そうそう。私なんて悲鳴あげそうになっちゃったよ」

「でもやっぱり映画は映画って感じだよね。所詮《しょせん》作り話だもんね」

他愛《たわい》ない世間話。三人組は必要以上に声が大きく、ひときわ目立っていた。隣に座っている老婆が迷惑そうに顔を顰めている。

「それよりさ、昨日のテレビ見た？　あの怖い話ばかりやっていたやつ」

「うん見た見た。知ってる話もあったよね。むしろあっちの方が怖かったかも」

「私たちが小学生の時なんかは特にいろんな話があったよね」

「うん。あったあった。怖い話じゃないけど、『コックリさん』っていうのもあったしさあ」

「ああ、あったあった」

「智ちゃんがさ、昔話した『草むらの侍』って話は怖かったよね」

「え？　どんな話？」

「智ちゃんたちがね、小学生の頃に公園でボール遊びしてたんだって。そうしたら智ちゃんが、草むらにボール蹴飛《けと》ばしちゃったんだって。違う子がボールを探しに行ったんだけど、どこにもボールがなくてね、戻ろうと思ったら突然、侍姿の血だらけの男の人が立っていたんだって」

「怖くない？　それで？」

「あまりの怖さにその子は気を失っちゃってね。それを聞いたみんなは侍を見ようとして、次の日に今度はみんなでその草むらに行ったんだって」

「そしたら？」

「突然、智ちゃんの足から血が垂れてきて、気がつくと斬《き》られていたんだって。それでね、その瞬間、前の日に気を失った女の子がね、俺を捜しに来たのかって、突然声を変えて言ったんだって。ね？　怖くない？」

「マジで怖いね、それは」

「もう一つあるよ」

「何々？」

「『親指さがし』っていう話」

電車の音も、どこからともなく聞こえてくる携帯電話のメロディーも、その中で全てが消えた。その瞬間、武は敏感に反応し、三人に視線を向けた。その目に気づくことなく三人は会話を続けている。

「親指さがし？　どんな話？」

「私もね、詳しくは知らないんだけど。ある別荘に女の人が一人で住んでいたんだけど、ある日その女の人が別荘の中でバラバラにされて殺されたのね。でも左手の親指だけがどうしても見つからなかったんだって」

「何か気味悪くない？」

「それでね、そのなくなった左手の親指を探しに行くっていう話なんだけど……」

「どうやって探すのよ」

「知らない。探しに行くっていうのは、怖がらせるために作られたんじゃないの？」

「ふーん」

違う、違うんだ。武は呆然《ぼうぜん》と三人組を見つめていた。

『親指さがしって知ってる？』

由美の声が蘇《よみがえ》る。

まさか親指さがしの話が出てくるとは思わなかった。唾《つば》をゴクリと飲み込み、武はじっと三人を見つめていた。するとそのうちの一人が、武の視線に気づいた。

「な、何か……」

我に返ると三人の視線が集まっていたので、羞恥心《しゅうちしん》が一気にこみ上げてきた。

「い、いや……何でも」

武は吊革から手を離し、その場から逃げるようにして車両をかえた。

3

武は自宅のある東京都江東区に戻っていた。大都会というわけでもなく、自然が広がっているというわけでもない。生活するには問題のないこの町が武は好きだった。

もうじき陽も暮れようとしている。公園から出てきたゴムボールを抱えた小学生が、母親の元に走っている。あの親子のように家に帰ろうかと思ったが、なぜかそういう気にはなれなかった。

自宅とは違う方向に歩き始め、気がつくと、母校である西田小学校のグラウンドで足を止めていた。何も変わっていないことに懐《なつ》かしくなった武は、グラウンドを歩いてみる。校庭が小さく感じられる。

グラウンドの真ん中で小学生がボールで遊んでいる。無邪気な声が聞こえてくる。バスケットコートには中学生と思われる男の子が四人いる。コートの中でボールを使って激しく動いている。そのすぐ近くにいる犬を連れた中年男性が、バスケットボールに飛びつこうとしている犬を必死に押さえつけている。その光景に武は笑みをこぼした。

ブランコ。鉄棒。登り棒。武はタイヤの跳び箱に腰を下ろした。一つ息を吐き、改めて母校を見渡してみる。あまり変わらない。特に校舎全体は何も。変わったといえば、校舎付近に花壇ができたくらいだろう。それ以外は何も変わっていない。だから、無意識のうちに昔を思い出してしまう。

「どうしたんだよ。こんなところに呼び出して。別に廊下でもいいだろ」

言ったのは武。

「うん。そうなんだけどさ、屋上の方が……ね」

由美の声。

武が六年生の時だった。突然由美に屋上に呼ばれた。なぜ呼ばれたのか、武は全く分からなかった。

「それで何？　早くしないと休み時間終わっちゃうよ」

その無神経な言葉に慌てながらも、照れくさそうに由美は言った。

「うん。ごめん。今日はね、渡したいものがあるんだ」

「渡したいもの？」

由美は頷き、ポケットの中からビーズで作られた指輪を取り出した。

「はい、これ」

手渡されたものを品定めするかのようにじっくりと見ながら、武は口を開く。

「何？　これ。くれるの？」

中心部分には花びら模様のビーズがつけられていた。

「知恵とね、一緒に作ったんだ。大人になるまでそのビーズの輪っかが切れなかったら、何でも願いが叶うんだって」

「嘘だぁ」

「だって、そう本に書いてあったんだもん。本当に願いが叶うって」

「ふぅん。でも嘘くさいな」

「本当だって。だから大人になるまで大切にしてよ」

「う、うん。分かったよ」

ビーズの指輪をポケットにしまう。しばらくの沈黙。何を言えばいいのだろうと考えているとチャイムが鳴った。

「クラス戻ろうか？」

最後に由美はそう言った。

思い出から覚めると、目の前にはさっきと変わらぬ光景が広がっていた。犬を連れた中年男性はいつの間にかいなくなっていた。

あの後、武は特に仲の良かった五十嵐智彦と吉田信久に確認していた。由美か知恵にビーズの指輪を貰《もら》ったかと。二人は貰っていないと口を揃《そろ》えた。由美が自分だけにくれたのだと気がつく。その時、その意味がようやく理解できたのだ。嬉しいという感情よりも、何せ初めての経験だったので、当時は恥ずかしいという方が強かった。だからというわけではないが、武はビーズの指輪をずっと大切にしようと心に決めた。由美がいなくなって、その思いはさらに強くなった。

武はこの七年間、ずっと後悔していた。なぜあんなことをしてしまったのか。なぜ遊び半分であんなことを。だがもう遅い。後悔したところで由美は帰ってこない。

グラウンドの真ん中で遊んでいる小学生たちを、武は昔の自分たちの姿に重ねて見ていた。武の目にはあの頃の自分たちが映っていた。楽しそうに五人でボール遊びをしている。自分がいる。

もちろん由美も。みんな笑って楽しそうだ。あの頃に戻れるなら……。

涙が溢《あふ》れてきた。それはスーッと頬《ほお》を伝って地面にポツリと落ちた。

「そこのお兄ちゃーん。ボール取って！」

ボールが転がってきて、軽く足に当たった。走ってこっちに向かってくる女の子を見て、武はハッとした。幻覚だろうか、由美に似ている。

いや、重ねていたのかもしれない。

「はい」

武は女の子にボールを渡した。

「ありがとう」

女の子は友達のところまで駆けていった。

後ろ姿を見守りながら、武はポケットからビーズの指輪を取り出した。

『何でも夢が叶うんだよ』

武は呟《つぶや》いた。

「もう、帰ってきてくれ」

しばらく指輪を見つめた後、再びポケットにしまい、肩を落として母校を後にしたのだった。

武の足取りは重たかった。下を向いたまま、ゆっくりゆっくりと歩く。小さな子供にも抜かれていく。

道ばたに落ちている空き缶を軽く蹴った。蹴り続けてどこまで持っていけるか。そんな遊びをした記憶がある。由美との記憶も残っている。

由美がいなくなってちょうど七年が経った今日、武はこのまま由美の家に向かうことにした。久しく訪れていない。由美の母親は今、どうしているだろうか。それも気になるところだった。

由美の家に着いた武はインターホンを押した。しばらくすると母親の厚子がエプロン姿で玄関に出てきた。久しく見ないうちに老けたようだ。白髪も皺《しわ》も多くなった気がした。

「あら、武君。久しぶりね。元気だった？」

優しくて穏やかな口調は変わっていない。

「どうも。ご無沙汰《ぶさた》してます」

「本当。久しぶりね。さあどうぞ、中へ入って」

武は家の中へと招かれた。

「どうぞ」

「おじゃまします」

「どうしたの、今日は。何かあったのかしら？」

後ろ姿のまま声をかけてきたが、ちょうど七年が経ったとは、言えなかった。

「いえ、そういうわけではないんですが」

「いいのよ、気を遣わなくて。今日があの日からちょうど七年経つからでしょ」

正直に答えるほかはなく、武は、はいと頷いた。

「もう少しで大学二年生になるのね。来年はもう成人式だわ」

その言葉からは、もし今も由美がいればという思いが伝わってくる。だから返事をするのがものすごく辛《つら》かった。

「どうぞ、そこに座って。少し散らかっているけど気にしないで」

武はフカフカした茶色のソファに腰掛けた。

「ちょっと待っててね。今ジュース持ってくるから。それとも、もうコーヒーの方がいいかしら。少し見ないうちにすっかり大人っぽくなったわね」

その言葉に武は照れ笑いを浮かべる。

「そうでしょうか」

「ええ。でもジュースでいいわよね？」

「はい、いただきます」

武はなるべく遠慮しないようにした。この家には小さな頃に何度も訪れている。遠慮すれば妙によそよそしくなるだけだ。それが嫌だった。

「はい、お待たせ」

グラスに注《つ》がれたオレンジジュースを武は受け取った。

「ありがとうございます」

一口飲んで、グラスを静かにテーブルに置いた武は部屋中を見渡してみた。由美の写真だらけだった。全部、笑顔の写真だ。ただ寂しかったのは、前に訪れた時と全く写真が変わっていないこと。そこで時が止まっていることだ。

「本当にもう、七年が経つのね」

厚子がポツリとこぼした。

「そうですね」

重たい口調で武は返す。

「この七年間、色々なことがあったわ」

厚子はいささか疲れたように言った。由美がいなくなり、両親は由美のために必死になって動いた。ポスターを貼《は》ったり駅前でチラシを配ったりと、それを毎日のように繰り返した。だが由美は一向に見つからなかった。テレビ局にだって何度も足を運んでいる。そのことを思い出しているのだろう。

「武君にもお礼を言わないとね。ありがとうね」

「とんでもないです。お礼なんて」

厚子は懐かしむように言う。

「武君が一番心配してくれたものね。一番仲が良かったのも武君だったんじゃないかしら」

確かにそうだった。高田知恵と同じくらいに由美とは仲が良かった。密《ひそ》かに二人で遊んだこともあった。

「小さい頃はよく家に遊びに来てくれたわね」

武は当時を思い出して、優しく微笑んだ。

「そうでしたね」

「みんなでゲームをしたり」

「色々なことをしてここで遊びました」

「懐かしいわ。本当に。みんな仲が良かったものね」

「そうですね」

そこで一旦会話が途切れ、重い空気に包まれた。武は沈黙を破ることができなかった。

「あの子、どこへ消えちゃったのかしら。もしかしたら……もう」

「そんなことないですよ。絶対に」

武の言葉に驚いたような顔を見せた厚子は、優しく微笑んだ。

「そうよね。私がそんなことを言っちゃだめよね」

「そうですよ。きっと今だってどこかに」

厚子は無言で何度か頷き、こう言った。

「そうね。あの子は生きているわ」

自分自身に強引に言い聞かせる、そんな口調だった。

厚子はジュースを飲み干した武を由美の部屋に連れていった。

「ここも久しぶりでしょ」

扉を開きながら厚子が言った。

「そうですね」

部屋の中は何も変わっていなかった。ピンク色の壁紙に、アニメのポスター。ぬいぐるみの配置。机の上だって何もいじられてはいないようだ。

「ずっとこのままよ。あの子がいつ帰ってきてもいいように」

「帰ってきますよ。きっと」

「武君」

「はい？」

「まだ、あれを大切に持ってくれている？」

言われるまでもなかった。ビーズの指輪である。由美がいなくなった当時、武は指輪を厚子に見せていた。あれからもう七年。

「もちろんです。今も」

武はビーズの指輪を取り出し、厚子に見せた。

「大切にしてあげてね」

「はい」

武は強く頷いた。

それからは励ますことしかできなかった。同情ではない。むしろあるのは罪悪感だった。由美がどうして突然消えてしまったのかを、厚子は知らないのだ。由美が消えた七年前の今日、武たちは口裏を合わせた。

『かくれんぼをして遊んでいたら、突然由美ちゃんがいなくなっちゃって』

4

由美の家を後にした武は、再び西田小学校までの道を歩いていた。まだ家に帰るつもりはなかった。寄りたい場所があったのだ。それは由美が突然消えた場所。通学路の途中にある五階建てのマンションだ。そこで由美は忽然《こつぜん》と姿を消した。

武はパークタウンという五階建てのマンションの入り口で足を止めた。オートロック式ではないので簡単に入ることができる。ただ管理人がいると厄介《やっかい》なのだ。

管理人室を覗《のぞ》いてみたが誰もいないようだった。部屋の明かりも消えている。どうやらすでに業務は終了しているらしい。武はまるでマンションの住人のように堂々とエレベーターのボタンを押した。苛々するほどゆっくりと、エレベーターの扉は開いた。

扉が閉まってから、武は5のボタンを押した。エレベーターは不気味なモーター音とともに上がっていく。天井の前方右角には鏡が取りつけられている。その鏡で後ろを確認することができるのだが、武は妙に鏡が気になった。自分の姿を確認するのではなく、ちらちらと背後を確認する。当然後ろには誰もいない。いるはずがない。視線を落とし、ため息をつく。そして武はもう一度鏡を確認してみた。

ハッとなる。

暗い表情をした由美の顔が、自分を見つめている。武は驚いて後ろを振り返る。だが、そこには誰もいなかった。武はホッと息をつき、五階に到着するまで階表示を見つめていた。親指さがしという体験をして以来、狭い空間にいると、妙に後ろの気配を意識してしまう。気になって仕方がないのだ。

五階でエレベーターの扉が開いた。息苦しい空間から解き放たれる。ゆっくりと廊下に出て、誰かに見られていないかを確認する。大丈夫。誰もいない。

エレベーターのすぐ隣に階段がある。屋上に通じるこの階段は、上がれないように柵のような扉が取りつけられ、鍵《かぎ》がかけられている。立ち入り禁止なのだ。しかし、よじのぼってしまえば簡単に乗り越えられるので、武は急いで柵に足をかけた。乗り越える時にがしゃんがしゃんと柵が揺れる。この時が一番緊張するのだ。

誰にも見られることなく、武は柵を乗り越え、屋上に向かった。昔、来た時と同じく屋上には誰もいなかった。屋上からは景色が一望できた。マンション。ビル。車。人。人。人。家路を急ぐ人たちが小さく見えた。

突然、風が強く吹いて、武は髪をかきあげた。

由美がここからいなくなる少し前のことだ。景色が綺麗だからと、武たち五人はこの屋上を見つけ、何度も忍び込んで、スリルを楽しんだ。管理人に見つかったこともあった。そして言うまでもなく危険だからと怒られたが、誰も反省しなかった。また見つかるかもしれないというそのスリルを味わうのが楽しみだったのだ。

それからも武たちはこの屋上に何度も忍び込んだ。だがそんなある日のことだった。由美が突然妙なことを言いだしたのだ。武は目を閉じて、当時の会話を思い出してみた。

『親指さがしって知ってる？』

あのゲーム知ってる？　まるでそんな言い方だった。

武は当時のことを思い出す。

「親指さがし？　何それ？」

知恵が代表してそう訊いた。もちろん武も全く知らなかった。真剣な表情で由美が答える。

「私も噂で聞いたんだ。あのね、ある日別荘にいた女の人がバラバラにされて殺されたんだって。バラバラにされた部分はしばらく探しているうちに見つかったんだけど、左手の親指だけがどうしても見つからなくってね、それを探してあげるんだって」

「何だか怖いよ」

怯《おび》えながら知恵が言う。

「でもどうやって探しに行くんだよ。そんな親指なんてさ」

智彦が由美に訊く。すると由美はあっさりと答えた。

「幽体離脱だよ」

「ユウタイリダツ？」

信久が復唱する。

「そう。幽体離脱。知ってるでしょ？」

「それは、知ってるけど……」

知恵は語尾を濁しながら怯えていた。

「でもどうやってユウタイリダツなんてできるんだよ」

智彦が訊く。

「簡単なんだ。あのね、私たちが円になって地面に座るの。それでね、右隣の人の親指を右手で覆い隠してあげるの。そうしないと、目が覚めた時に私たちの親指が切られているんだって」

「よく意味が分かんねぇよ」

信久の声。

「だから」

そう言いながら、由美は信久の左手の親指を自らの右手で覆い隠してやった。

「こういう要領で、私たちは円になる」

「嘘でしょ？　やだよ」

知恵が怯えた声を出す。

「それで？」

智彦が続きを迫る。

「それでね、目をつぶって、その女の人の想像をするの」

「想像って何だよ」

意味が分からないというように信久が訊くと、由美は簡単に答えた。

「殺される瞬間の想像だって。別荘でバラバラにされてしまう想像。自分がその女の人の気持ちになるんだって」

「気持ち悪いなあ。嘘でしょ？」

あの時、武もただの作り話と馬鹿にしていた。そんなことはありえない。しかし、

「それなら、やってみようよ」

この由美の挑戦的な言葉で、興味本位から恐怖へ変わったのは確かだった。

「よし、それじゃあやってみよう」

言ったのは智彦だった。やっぱりやめようと、智彦はそう言えなかったのだろう。強気でやんちゃな性格だから、怖《お》じ気《け》づいた態度は見せたくなかったのだろう。まだあの時は幼かったから、怖じ気づくのが格好悪かった。

「よ、よし、やろうぜ」

信久が続く。

「ちょっと！　本当にやるの？」

武は知恵にやめるよう同意を求められた。

「やってみよう。大丈夫だよ」

軽い気持ちだった。馬鹿馬鹿しいとさえ思っていた。一応全員の意見が一致したところで、間もなく親指さがしが始まったのだ。

「それじゃあ、みんな円になって座って」

由美が言う。

緊迫した雰囲気に包まれる中、五人が円になってあぐらをかいた。コンクリートの冷たさがヒンヤリと伝わってきた。

「そうだ。一つ言い忘れた」

突然由美が言う。

「何よ」

怯えた口調で知恵が訊く。

「あのね、別荘に着いたらロウソクが一本立てられているんだって。それを吹き消すと戻ってこられるらしいんだ。それとね」

それとね。妙に気になった。

「まだあるの？」

「親指を探している最中に後ろから肩をポン、ポンと二回叩《たた》かれるらしいんだけど、絶対に振り向いちゃだめなんだって。いい？　絶対だよ」

「それって、誰に叩かれるんだよ」

智彦が由美に言う。

「決まってるじゃん。バラバラにされた女の人だよ」

「もし振り向いたら？」

知恵が唾をゴクリと飲み込んだ。由美がぼそっと小さく答えた。

「もう、二度と生きて帰ってこられないんだって。そのまま死んじゃうんだって。だから、いい？　絶対に振り向いちゃだめだよ？」

完全に肝だめしだった。ここまできたら、誰も嫌とは言えなかった。

「それじゃあ、隣の人の左手の親指を隠してあげて」

そう言われ、武は由美の左手の親指を自分の右手で隠した。武の左の親指は智彦に隠されていた。左の手のひらは、汗ばんでいた。

「いい？　じゃあ次は目をつぶるの。そして、バラバラにされてしまう想像をして。女の人の気持ちになるの。いい？」

言われたとおりに目をつぶると、暗闇が広がった。そして想像の世界を広げてみた。自分は女。別荘の中で何をしようか。そうだ。ベッドの上で本でも読もう。突然、音がする。誰かが別荘に入ってくる。誰だろう。本を置いて立ち上がる。部屋の扉を開いた、その瞬間、包丁を持った何者かにグサリと刺される。何度も。何度も。血が溢れていく。自分は死んだ。ノコギリでギコギコと首、腕、足、指、そして親指を切られていく。バラバラになってしまう。

ゆっくりと目を開けると、屋上から見る町の風景が広がっていた。

確かにあの時、想像した。バラバラにされてしまう自分を。すると、いつの間にか意識がなくなっていた。突然プツリと真っ暗になった。まるで、電気のスイッチをオフにしたみたいだった。

気がつくと、見覚えのない、古びた木造の部屋の中にいた。

明かりのない薄暗い部屋。ただ、一本のロウソクがともっている。

ここはどこだ。本当に由美が言ったとおりになってしまった。だが、一体これは何だ。なぜ自分はこんな場所にいる。みんなは？　どうしてあんなことをしただけで見たこともないこの場所に？　夢か。夢なのか。いや、違う気がする。

あの時は戸惑いと恐怖でいっぱいだった。興奮をしていたのもまた確かだった。

しばらく呆然と立ちつくしていたが、戸惑いながらも武は言われたとおりに左の親指を探し始めた。部屋から出ようとしたが外から鍵がかかっていたため、開けることができなかったのだ。早く逃げ出したいというのが本心だった。何に使われていた部屋だろう。窓には、ボロボロになったカーテン。その側《そば》にベッド。古びた机とロウソク。木で作られた本棚。イスの上にはフランス人形。部屋の造りが洋風だった。全て鮮明に憶えている。だが親指がどこにあるかなど見当もつかなかった。親指が本当にあるのかないのか、そんなことを考えている余裕などなかった。とにかく早く親指を探さなければならない、そればかりを頭が自分に命じているようでただ焦《あせ》った。難しそうな本が置かれた机には引き出しが三つあった。もしやと思い、一つめをゆっくりと引いてみたが、中は空っぽだった。焦っていたのか、もう他のことなど考える余裕などなかった。親指を見つけたいのか、見つけたらどうなるのかということさえも。

緊張しながら二つめをゆっくりと引いてみる。結果は同じだった。あるはずがないと思い諦めかけたが、念のため三つめの引き出しに手を触れた。その瞬間だった。後ろに気配を感じたのだ。思わず振り向こうとした時、ポン、ポン、とゆっくり肩を叩かれた。一瞬にして鳥肌が立つ。全身が硬直する。絶対に振り向くな、という由美の言葉を思い出す。恐怖のあまりどうしていいか分からなかった。無我夢中で武は近くにあったロウソクを吹き消した。すると再び意識がなくなったのだ。

目が覚めると他の四人はだらしなく倒れていた。四人はまだ意識を失っているようだった。みんなもやはり由美の言う別荘に？　信じられなかった。しかし、実際に行ったのだ。

どうやら自分が一番先にロウソクを消したらしい。もうすでに馬鹿にはしていなかったし、馬鹿になどできなかった。

改めて考えると、あれは一体何だったのだろうか。確かに由美は幽体離脱と言った。だが本当にそうなのか。そうとは思えない。幽体離脱とは体から魂だけが抜け出して、自分自身が見えてしまう。そしていろんな場所へと移動できるものらしい。あの時は自分の姿は見えなかったし、自分の体へ戻ることもなかった。本当に不可解な出来事だった。

しばらくすると、知恵、信久、智彦、由美の順番で目を覚ました。無論、全員が興奮していた。

「本当だったよ！　由美の言うとおりだった！　気がついたら部屋にいたんだ！　それで誰かに肩を叩かれた！」

興奮した口調で智彦が言った。

「俺もだ！　マジだぜ！　マジ！　マジ怖かったよ！」

信久が言う。

「もう私なんて怖くて、少し親指を探してすぐにロウソク消しちゃったよ」

恐怖よりも興奮。そんな知恵の口調だった。

「ね？　だから言ったでしょ？　それで親指見つかった？」

冷静にそう言った由美。武はあの時、これは夢だったのではないかと思った。だがそれは一瞬にして却下された。夢ではない。確かに親指を探した。ロウソクを消す感覚もあったし、何より肩を叩かれる感触が今でも残っている。それに全員が全員とも別荘に行き、親指を探し、ロウソクを消したのだ。だから夢とは思えなかった。

「親指は見つからなかった。途中で肩を叩かれてさ、びびっちゃって」

智彦が言う。

「俺もだよ。俺も肩を叩かれてすぐにロウソク消しちゃったよ」

信久がそう続いた。

「ねえ由美。由美はどうだったの？」

「私？　私もだめだった。本当に肩を叩かれたら怖くなっちゃって」

それが普通の反応だろう。

「でもさ、後ろで肩を叩いた奴に興味ねえ？　振り返ってみたいよな」

怖いもの知らずの智彦がそう言った。

「まあ、確かにな。でもやばくない？」

信久がそう返す。

「そうだよ。振り返るのは絶対にだめなんだよね？」

知恵が由美に確認する。

「うん。振り返るのは絶対にだめ。振り返ったら最後だよ」

それから五人は親指さがしの話で盛り上がった。全員が興奮状態にあり、恐怖からすでにスリルへと変わっていたのだ。そして後に分かったことがあった。それは五人が五人とも別の部屋にいたということだ。どこに何があったかなど、部屋の様子が誰も一致しなかった。要するに別々の部屋で親指を探したというわけだ。それも不思議な話であったが、事実、武、由美、知恵、智彦、信久が同時に同じ別荘で親指を探したのだ。これは体験しなければ分からないことだった。誰かに話したところで信じてもらえないのは目に見えていた。だからというわけではないが、親指さがしは五人だけの秘密にしようと誓った。

そして、七年前の三月二十五日。二度目の親指さがしを行ったのだ。

七年前の今日、武たちは親指さがしをするつもりで屋上へと忍び込んだ。これまで味わったことのない最高のスリル。五人に恐怖などなく、むしろワクワクしていた。それが過ちの始まりだったのだ。

「今日こそ彼女の親指を見つけてあげようね。だって可哀相《かわいそう》だもんね」

由美の言葉で五人は地面にあぐらをかいた。座る位置は前回と一緒であった。

「よし、絶対に探し出してやるぞ」

智彦が意気込む。

「ところでさ、もし親指を見つけたらどうするんだよ」

信久の質問で全員が黙り込んだ。四人の視線が由美に集まる。

「そういえばどうするの？」

知恵の質問に由美は首を傾げた。

「そうだったね。それを言い忘れていたよね。もし親指を見つけることができたらね、その人には一つだけ、幸運な出来事が起こるんだって」

「マジ？」

信久が目の色を変える。

「だったらマジで見つけないとな！」

智彦が手のひらに拳《こぶし》をぱんぱんと叩きつけてそう言った。

「うん。そうだよね」

本当は親指などどうでもよかったのかもしれない。スリリングで不思議な体験ができれば、もうそれでよかったのだ。武自身、不吉な予感など全くなかった。後先のことなど何も考えてはいなかった。

「それじゃあ、隣の人の親指隠して」

由美の声でそれぞれが隣の人間の親指を隠す。

「いい？　隠した？　それじゃあ目をつぶって。想像するの」

武は目をつぶり、一度めと同じような想像を始めた。残酷に殺され、血がドロドロと垂れていく。痛い。痛い。次第に痛みを感じなくなる。自分は死んだのだ。そして体の全てをバラバラにされる。親指、返せ。

気がつくと目の前にロウソクがともっており、前回親指を探しに来たのと同じ部屋にいた。みんなもきっと今、それぞれの部屋にいる。だから、もう迷いはなかった。とにかく親指を探すのだ。前より余裕があったのか、武は色々なところをくまなく探した。ベッドの下や本棚の隙間《すきま》。イスに座っているフランス人形を持ち上げてもみた。他の部屋はどうなっているのだろう。みんなもこうして部屋の中を探しているのだろうか。そんなことを考えながら、武は親指を探し続けた。だが、どこにも親指は見つからなかった。本当に親指などあるのだろうかと思った時、武は思い出したのだ。まだ探していない場所が一つある。机の三つめの引き出しだ。

この間は、三つめの引き出しを開けようとした瞬間、後ろから肩をポン、ポンと叩かれ、恐怖のあまりロウソクを消してしまった。

武は表情を強張《こわば》らせながら机に歩み寄った。まだ後ろに気配は感じなかったので、三つめの引き出しに手をかけた。そしてゆっくりゆっくり引いていったのだ。少しずつ、少しずつ。夢中になって引き出しを引く武の手が、凍りついたようにピタリと止まった。肩をポン、ポンと静かに叩かれたのだ。もう少しで引き出しの中が確認できるところだ。このまま引き出しを全て引いてもいいのだろうか。でも後ろには人がいる。もし本当に親指が入っていたとしたら、どうなってしまうのだろうか。

いる。後ろには確実に誰かいる。肩を叩かれ、それ以上引き出しを引く勇気はなかった。もう、ロウソクを消すしか選択肢は残っていなかった。武はロウソクの前に立ち、消そうとした。

その時だった。

どこからか、ガラスの割れるような音が聞こえてきた。

どうしたのだ。

嫌な予感が脳裏をよぎる。

何かあったのではないかと、武は激しく動揺する。どうすればいい。どうしたらいい。

様子が気になる。だが後ろには……。

しばらくの間、武は戸惑い、結局は仕方なくロウソクのあかりを吹き消したのだ。最終的に親指を探すことはできなかった。しかし。

あの時に感じた嫌な予感は、的中した。

武が目を覚まし、騒動は起こった。すでに知恵、智彦、信久は目を覚ましていたのだが、様子がおかしかった。由美の姿がそこにはなかったのだ。

「いないの……由美がどこにも」

知恵はすでに涙声だった。

「どういうことだよ」

「私が最初に目を覚ましたの。でも、もうその時には由美がいなかったの」

四人が四人とも嫌な予感を抱いていた。それでもまだ心には多少余裕があった。きっと由美は用事を思い出し、先に家に帰ったのだと。親指さがしは関係ないと。武たち四人は急いで由美の家に向かった。しかし、由美は戻ってはいなかった。武たちは由美の母親にどうしたのと訊かれたが、かくれんぼをしていたら突然由美ちゃんがいなくなっちゃってと嘘をついた。嘘をついた罪悪感よりも嫌な予感が脳裏をよぎった。不安は増すばかりであった。

四時間。五時間。六時間。いつまで経っても由美は姿を現さなかった。厚子が警察に連絡を入れてしばらくすると、由美の家には警察官がやってきた。四人は嘘をついたが、徐々に事が大きくなるにつれ、武は怖くなっていた。やはりあのことが原因なのかと。

厚子が聞いていないところで四人は集まって話をした。

「やっぱり、あれが原因なのか？」

信久が不安そうに言う。

「ま、まさか、そんなはずねえだろ」

智彦のおどおどした口調。

「でもどうして突然いなくなるのよ」

「知らねえよ」

智彦の苛立つ口調。そして知恵の次の言葉が皆を黙らせた。

「もしかしたら由美……肩を叩かれて振り返っちゃったんじゃないの？」

武もそのことは考えた。だが、由美の言っていた話とは違うのだ。振り返ってしまえば生きて帰ってこられなくなる。そのまま死んでしまうということだ。それが由美の言ったことだった。だから、そんなことをするはずがない。それなのに由美の全てが消えたのだ。明らかに失踪《しっそう》だ。

「そんなはずねえだろ！」

智彦の怒声がとんだ。

「どうしてそんなこと言いきれるのよ！　現実にいなくなっちゃったんだよ？」

智彦と知恵は完全に冷静さを失っていた。自分たちが関わっていることで友達がいなくなってしまったのだ。取り乱してしまうのも当然だった。

「だってあいつが言ったんだぜ。絶対に振り向くなって。それに……」

その後の言葉は予測ができた。もし振り向いていたとしたら、生きて帰ってこられずにそのまま死んでしまう。智彦もそう言いたかったのだろう。

「それじゃあ由美はどこに行ったのよ！」

「俺にそんなこと言われても分からねえよ！」

口論となっていた二人を信久が止めた。

「やめろよ二人とも！　喧嘩《けんか》したってどうしようもねえだろ。とにかく由美を捜さなきゃ」

そのとおりだった。だが、四人には由美を見つける術《すべ》もなく、警察に頼るしかなかった。由美が帰ってくることを願うしかなかったのだ。しかし、願いとは裏腹に、何日経過しても由美は見つからなかった。失踪した日に、似た女の子を見たという情報が何件かあった。だがそれが果たして由美だったのかどうかさえ分からなかった。失踪事件としてニュースにも流れ、新聞にも載った。由美の両親がテレビの特番に出たこともあったが、結果は同じだった。

親指さがしと由美の失踪事件が関係しているのかさえ分からず、時間だけが経過した。そして四人は誓ったのだ。親指さがしは封印する。もう二度とあんなことはしない。武たちは七年経った今も、由美は親指さがしのせいでいなくなってしまったのだと思い込んでいる……。

5

『いい？　絶対に誰にも内緒だよ？　絶対に親指さがしの話を他の人に喋っちゃだめだからね？　絶対だよ？』

由美の声で、武は七年前の記憶から抜け出した。屋上で無気力に突っ立っていると、誰かがコツ、コツと階段を上がってくる足音がした。
「誰だよ……」

武は不安になりながら階段の方に体を向けていた。緊張はしていたが、隠れはしなかった。いや、隠れるにしても、もう遅かったのだ。管理人に見つかったら見つかっただ。

屋上に来たのは意外な人物たちであった。武はホッと息を吐く。

「やっぱりここだったか……捜したよ」

姿を見せたのは、知恵、智彦、信久の三人だった。由美がいなくなって以来、四人でこのマンションの屋上にはのぼっていない。それも禁じたのだ。

「みんな、どうして？」

「お前の家に行ったんだけど、まだ帰ってきてないっていうから、もしかしたらここにいるんじゃないかって思ってな」

そういう意味ではないと武は思う。

「いや、そういうことじゃなくて、どうしてここに？」

すると智彦が言った。

「あれから……七年が経つだろ？　俺たちはもう、大人になる」

意外な言葉だった。まさか智彦の口からそんな言葉が出るとは思わなかったのだ。それには理由があった。

中学にあがり、武、知恵、智彦、信久の四人は顔を合わせると親指さがしの話を始め、由美はどこへ行ってしまったのか、生きていてくれるのだろうかと心配し続けた。そして中学を卒業する前日に智彦が言ったのだ。

「親指さがしのことや由美の話をするのはもうやめないか」

言った後の智彦は辛そうだった。

「どうして？　どうしてそんなこと言うの？」

理解できないといった様子で知恵が智彦にそう言った。

「明日で中学を卒業して、俺たちはもう高校生だ。将来のことだって考えなきゃいけない。引きずったままだと、いけない気がするんだ」

「それじゃあ、由美のことはもう忘れろっていうの？」

知恵はムキになって智彦に食い下がる。

「そういうことを言ってるんじゃない。ただ……」

「ただ？」

「このままだと俺は、罪悪感に押し潰《つぶ》されそうな気がするんだ」

「罪悪感……」

知恵が呟いた。

「だから、もう……」

そして中学を卒業し、四人は別々の高校へ行った。四人で会うことは滅多になく、顔を揃えたとしても、親指さがしのことはもとより、由美の話が出ることはなくなった。由美の存在も胸の内に封印してしまったのだ。

だから武は意外だと思った。本当は親指さがしのことから由美のことまで、全てを忘れてしまいたかったはずだ。だが、口では言うものの、やはり智彦も心配や罪悪感が消えることはなかったのだろう。ずっとずっとそれを背負って生きてきたのだ。

「ここだよな。全てが始まったのは」

信久がポツリとそう言葉を洩《も》らした。

「ああ。あいつが突然妙なことを話しだしたんだ」

誰とも目を合わさず智彦が静かな口調でそう返す。武は、頷きながら、ああと言った。

「俺たちは遊び半分の気持ちであんなことをしてしまった。俺は今でも後悔してるよ」

「俺もさ」

信久が頷く。

「俺だって、後悔してる」

俯《うつむ》いた智彦がそう洩らす。

「あんなことさえしなければ、多分今だって私たちの目の前にいたはずなのにね……」

この日初めて口を開いた知恵の言葉は、ものすごく重たかった。もし由美がいれば。それが一番重く感じる。

長い沈黙が訪れた。

昔からの友人と久しぶりに顔を合わせたというのに、懐かしい気分にはなれなかった。

長くて重い沈黙を破ったのは智彦だった。

「武」

武は智彦に目を向ける。

「ん?」

「今日、俺たちがお前に会いに来たのはな、あの時の出来事にケリをつけようと思ってな」

武は理解できなかった。

「ケリって、どういうことだよ」

「あの日から七年が経った今日、俺たちは親指を見つける。それで今度こそ全てを終わらせる。終止符を打つんだ」

ケリをつけるために親指を探す。本当はそんなこと、どうでもいいのだ。

今日で由美のことを全て忘れよう。理由はただそれだけだ。由美を忘れるために理由が欲しいだけなのだ。

「それは、由美のことはもう忘れようということなのか？」

武は強く迫る。

「そうなのか？」

もう一度武は尋ねる。すると智彦が苦しそうに頷いた。

「そうだ」

仕方のないことなのかもしれないと、武は静かに息を吐いた。何気ない日常生活の中でどうしても由美のことが浮かんでしまう。彼らの中ではそれが障害になっていたのだろう。

「本気なのか？」

それが最後の問いかけだった。智彦は迷うことなく頷いた。

「ああ」

武は、そうかと呟いた。それでも三人を責めることはできなかった。憎むことなどできなかった。

「分かってくれ」

武は俯き、無言で何度も頷いた。

「よし、これで本当に最後だ」

智彦が言った。

「円になって座るんだ」

智彦は、あの時由美が言ったように仕切っていく。武は屋上のコンクリートにあぐらをかいた。知恵はアヒル座りだった。

「よし、それじゃあ隣の人間の親指を隠して」

武は智彦の左の親指を隠し、武の親指は知恵に隠された。

「いいか？　次は目を閉じる。そして想像するんだ。あの時のように」

突然、上空が雲に覆われ、嵐のような風が吹き荒れた。

「続けるのか？」

不気味な予感がした。信久が智彦に確認する。

「続けるんだ」

智彦が強く言う。

「分かった」

「みんな、目を閉じて。想像するんだ」

武は大きく息を吐き出し、静かに目を閉じて、七年前と同じように自分がバラバラにされてしまう想像をしたのだった。

6

静まり返った部屋の中で、ベッドに仰向《あおむ》けになっていた武は大きく息を吐いた。

結局、親指は見つからなかった。それ以前に親指を探し出すことさえ不可能だった。ロウソクのともったあの薄暗い部屋に行くことができなかったのだ。

「だめだ」

智彦の一言で武は目を開けた。知恵や信久もその声で目を開いた。全員が親指を探しに行くことができなかったのだ。

「どうしてだ」

七年前と同じ順序で親指さがしを行った。それなのに七年前とは違うのだ。

それからもう一度同じ順序で親指さがしを行った。

「やっぱりだめだ」

結果は同じであった。

「だめな理由があるのか？」

智彦がポツリと洩らす。

「いや、そんなはずは」

「でも七年前は確かに」

知恵が視線を落としてそう言った。武にも何が何だか分からない状態だった。どうして七年前はあんな不思議な体験ができたのだろうと、武は疑問を抱く。あれは夢？　いや違う。確かに親指を探した。ロウソクもともっていた。四人とも、肩を叩かれてもいる。夢じゃない。

結局、親指さがしをすることもなく、武たち四人は別れた。


「武？　武？」

母の声で武は我に返った。

「聞こえているの？　武？」

「何？」

部屋の中から大声で返す。

「夕飯の仕度ができたから。一緒に食べないと片づかないから」

今朝から何も食べ物を口にしていないことを武は思い出した。そういえば先ほどからお腹《なか》が悲鳴をあげているのだ。

「分かった。分かった」

武は呟き、ベッドから起き上がる。部屋の扉を開き、電気のスイッチをパチッと切った。部屋が真っ暗闇になる。部屋を出た武は後ろで何かを感じた。後ろで肩をポン、ポンと叩かれるあの瞬間を思い出し、武は戸惑いながらも、暗闇の部屋を振り返った。気のせいかと呟き、部屋の扉を強く閉めた。

テーブルにはすでに食事の用意がされていた。父が珍しくテーブルの前に座っていた。黙ってニュースを見ている。

「今日は、早いじゃん」

父はテレビから目を離さずに、ああ、まあなと答えた。武はそれ以上父に話しかけはしなかった。

「いただきます」

箸《はし》をとり、武はみそ汁をズルズルとすする。その音と、アナウンサーの声が重なった。父は相変わらずニュースに視線を据えたままだった。

父は刑事である。現在、武蔵野署に勤務する刑事課係長補佐。巡査部長、沢大介。聞こえはいいかもしれないが、万年平刑事だ。しかし、そんなことは決して父には言えるはずもない。その平刑事のおかげで生活ができているのだから。

父は昔から曲がったことが大嫌いな人間だった。職業柄仕方のないことなのかもしれないが、とにかく真面目《まじめ》な人間だった。今も変わらずそうなのだが、武が中学生の時に一度だけ遅刻してしまったことがあった。それを知った父はしつこかった。社会に出て遅刻など一度でもしてみろ、お前の信用はそれでなくなってしまうんだぞ。それから三十分以上の説教が続いた。

確かに父の言うとおりである。ただ、細かいことまで大げさにしてしまうのが父の癖であり、性癖だった。

特に仕事への熱の入れようは凄《すさ》まじいものを感じてしまう。管轄内で大きな事件が起こった時には絶対に家には帰ってこない。勤務時間も関係なく、その犯人を捕まえるまで聞き込み、張り込み、動き続けるのだ。そのため、母は心配し続ける。あの人は昔からそうだったからねとこぼすのを、武は何度も聞いている。いや、聞かされたのだ。そのせいかどうか、武は一度も刑事になりたいと思ったことはない。いやむしろ、親父のような人間にはなりたくない。その方が強かったのかもしれない。武は自分でも気づいている。親父のことはあまり好きではない。

「おい、武」

茶碗を持った父が突然口を開いた。武は親指さがしのこと、そして由美のことで頭がいっぱいだった。

「何？」

と、ぞんざいに返す。

「お前、今、春休みだろ」

「そうだけど。それが？」

「一日中、何やってんだ？」

「別に」

「お前、少しは将来のことを考えているのか」

それどころではない。武は決して父の目を見ないようにした。正直、鬱陶《うっとう》しいと思っていた。

「考えてるよ」

「どう考えてるんだ？」

しつこい言葉に武は露骨に嫌な顔をしてみせた。

「何が言いたいんだよ」

「将来のことだ。お前はまだ先のことだと考えているかもしれないが、それでは遅いんだ。今からしっかり考えておけ」

武は聞こえないように舌打ちした。

「分かったよ」

素直に返事をしたのは、反論すればまだまだ説教が続くからだ。

それからしばらくはテレビの音と箸の音しかしなかった。父と母ですら会話を交わさないのだ。

今までよくこの家庭が続いていたなと武は思う。

武も無言で食べていたが、頭の中では親指さがしのことと由美のことがグルグル渦巻いていた。そして、あの出来事にケリをつけるという、智彦の声。彼らはもう忘れたいのだ。何もかも。

自分はどうだ？　いや、それはない。一度だってそんなことは……。ありえない。忘れてはいけないのだ。その時突然、素朴な疑問が湧《わ》いてきたのだ。

「あの話は……どうやって作られたんだ？」

「何？　何か言った？」

母に問いかけられた武は、いや別に、と言葉を返す。

そういえば、深く考えたことはなかった。由美があの話をどこで耳にしたのか、それに疑問を感じたことはある。だがあの話自体はどうやって作られたのだろうか。

「いや、待てよ」

あの話は本当に作り話なのか？　もしかすると、本当にあった殺人事件がベースになっているのではないだろうか？　だがあの儀式はどうだろう。ニュースなどでその事件を知った誰かが、ふざけ半分であの儀式を行ったとしたら？　隣の人間の親指を隠して目を閉じる。これから親指を探しに行こうと。そうしたら本当にあの別荘へ行くことができた。

考えすぎかもしれない。だがどちらにせよ、親指を探しに行くという妙な体験をしたのは事実だ。由美がどこであの話を耳にしたのか。そしてあの噂がどこで作られたのか。それを調べることはできないだろう。だが事件が本当に実在していたのかを調べることで、何か見えるのではないだろうか？　ひょっとしたら由美が消えてしまった謎《なぞ》もそれで……。

「なあ、親父」

「何だ」

「あのさ、昔、どこかの別荘で女の人がバラバラにされてさ、どうしても親指だけが見つからなかったっていう事件あった？」

「やめてよ。食事中に」

母が割って入ってきたが、無視して続けた。

「ねえ、あった？」

「どうしてそんなこと訊くんだ、突然」

「い、いや……今日そんな話を聞いたからさ、本当にあったのかなって」

すると父は思い出すように視線を浮かせた。

「そう言われれば、あったような、なかったような。あったかもしれないな」

武はふぅんと頷いた。

突然父がリモコンを手に持ち、チャンネルを切り替えた。

『あれからもう十年が経ちました。小林悠斗君を捜しています』

チャンネルを替えた途端、アナウンサーの声が耳に飛び込んできた。何も言わずに父はチャンネルをすぐに替えた。誰も由美のことは口にしない。家庭内でも事件の話はほとんどしないようになっていた。

「お前、明日も一日だらけているんじゃないだろうな」

由美ちゃんのように、生きたくても生きられなかった子もいるんだぞ。父の言葉はそういうふうにも聞こえた。

「いや、明日は図書館へ行ってみようと思う。ごちそうさま」

そう言って武は立ち上がり、小さく口を動かした。

「過去を調べに」

7

翌日、武は図書館へ向かうために少し早起きをし、午前中には家を出た。昨夜から親指さがしの話が気になって、調べずにはいられなくなっていたのだ。

図書館までの道のりははっきりと憶えている。高校受験を控えた中学三年生の頃、よく通ったからだ。館長に会うのも久々である。それ以前に、館長が自分のことを憶えていてくれるだろうかと心配だった。

無数の車が当たり前のように排気ガスをまき散らしていく。歩道には老人、大人、子供と、様々な人間が行き来する。

そして、マンションやコンビニが並ぶ道幅の広い道路沿いに図書館はあった。

中に入ると、表の騒音が嘘のようにピタリとやんだ。ずらりと並ぶ本棚には、数えきれないほどの書籍が置かれている。そして図書館ならではの独特の匂《にお》いといい、何も変わってはいなかった。武はすぐに館長を訪ねた。

テーブルで、小声でブツブツ言いながら小説を読む人。本棚の前に立ち、一つひとつの書籍を指でなぞって自分の読みたい書籍を探す人。本棚の前で立ったまま本を読んでいる人。武は様々な人間に目を向けながら、自分と同じような目的の人が果たしてこの中にいるだろうかと思った。

館長席に秋田稔は座っていた。あの頃と同じように新聞記事をハサミで切り抜いている。

「秋田さん」

声をかけても、聞こえないのか、それとも作業に夢中なのか、反応がない。

「秋田さん」

顔を近づけて、今度は多少大きめの声をかけると、秋田はおでこに皺をビッシリとつくり、上目遣いで反応した。

「君は……」

目が悪いのか秋田は目を細める。

色あせ、毛玉のできたカーディガン。

今でこそ髭には白いものが混じってしまったが、乱れた長い髪は相変わらずだった。

「お久しぶりです。沢です。沢武です。あの、中学の頃によくここへ来ては秋田さんと色々な話をしたんですが……憶えていますか？」

憶えていてもらえるとは期待していなかったが、秋田は笑みを浮かべて頷いた。

「憶えているよ。君のことはしっかりと憶えている。大きくなった。それに見違えるほどの色男になって」

意外だった。秋田ははっきりと憶えていてくれたのだ。懐かしさで武は微笑んだ。

「お元気そうですね」

「お前さんもな」

秋田は、それで、と小さく口を開き、

「もういくつになった？」

「今年で二十歳です。もう成人です」

「そうかそうか。もう成人か。それじゃあ、これからは悪いことはできないな」

秋田は冗談っぽく言う。

「いや、悪いことなんて、今までだってしてませんよ」

ふと、罪悪感を感じながら答えたが、秋田はカッカッカと独特な笑い方をして言った。

「冗談だよ。冗談」

「相変わらずですね」

「私の外見かい？　すっかり老けてしまったが……」

武は新聞を指さした。

「いいえ、それですよ、気になる事件でもあったんですか？」

「いや、事件ではない。出来事だよ」

「出来事？」

秋田は切り取った新聞を手に、ほれと手渡した。それは舞台やテレビで長年活躍していた大物女優が亡くなったという記事だった。

「このことなら僕も知ってますよ。テレビで見ました。でも……」

秋田らしくなかった。秋田は、日本中に影響を与える大きな事件や奇妙な事件を新聞記事から切り抜いて、それを大事に保管するという趣味がある。これが何十年も前からやっている私の唯一の趣味だよ、と言っていたのを武は憶えている。だからこのような記事を切り抜いているのは意外だった。

「でも、何だい？」

「いや、なんというか……」

言葉に迷っていると秋田が先に口を開いた。

「昔からのファンだったんだよ。大好きでなあ」

そういうことかと武は納得した。

「人は誰でも年をとる。そしていつか死ぬ。遅かれ早かれ、いつかはな」

遅かれ早かれ——。武にとって、その言葉はものすごく重かった。

「私だっていつかは死ぬ。彼女のように」

「秋田さんはまだまだ長生きできますよ」

励ましではなく、願いをこめて言った。

「そう言ってくれると嬉しいよ」

照れくさそうに秋田は微笑んだ。

「それで、今日は何かあったのかね？　用もなく来たわけではないだろう」

武は、ええと頷き、本題に入った。

「今日は秋田さんにお願いがありまして」

秋田は怪訝《けげん》そうな表情を浮かべる。

「お願い？」

「はい、実はそれなんですが」

武は再び新聞紙を指さした。

「秋田さんが過去に集めた記事を見せていただきたいんです。ちょっと調べたいことがありまして」

「別に構わんよ。私の趣味に興味を示してくれるなんて嬉しいねえ」

「ありがとうございます」

「それで、何年前のことを調べたいんだい？」

「いや、分かりません。できれば集めた記事を全て見せていただきたいんですが」

秋田は二度ほど頷いた。

「そうかそうか。それならこっちへ来なさい。案内しよう」

「分かりました」

武は秋田の後ろに続いた。

扉を開き、秋田が部屋の電気をつけると、そこは研究室のような雰囲気をかもしだしていた。

二階の別室に来る人も、そうはいないだろう。

「ここには、わしが過去に集めた全ての記事が置いてある。お前さんが調べたいことがあるかどうかは分からんが、好きなだけ見ていってくれ」

「ありがとうございます。助かります」

「お礼を言われるほどじゃない。ただどうしてこんなことを趣味にしたのか……」

「どうしてですか？」

そう尋ねると、秋田はしばらく天井を見つめて考えながら言った。

「人は時代を語る時、必ずその時起こった大きな事件を口にする。めでたいことを口にする人間はあまりおらんだろう。時というのは事件とともに進んでいるような気がする。だからその記録を取っておきたかったのかな。ま、他人にとったらつまらん趣味だよ」

「そんなことないですよ」

秋田はにかっと微笑んだ。

「そう言ってくれるのはお前さんだけだよ」

そう言って秋田は部屋の扉を開けた。秋田が部屋から出ていくまでその姿を見守ってから、武は一つ息を吐き、過去の事件を調べ始めた。

新聞の記事は全て写真アルバムの中に収められていた。それが年代別に丁寧《ていねい》に分けられている。

まずは武が四歳から五歳の間、十五年前の事件から調べ始めた。

武はテーブルの前のイスに腰を下ろして、アルバムをめくってみる。十五年前の十月十五日の記事。

「女子大生連続無差別殺人事件か……十月十四日。女子大生を無差別にナイフと金槌《かなづち》で襲い、殺人を続けていた男が逮捕された。岡部幸夫。三十歳。独身。無職。動機については黙秘を続けている。凶器は容疑者宅のクローゼットから発見された。検査の結果、覚醒剤を使用していたことが判明し、警視庁では動機について今後厳しく追及していく模様」

こんな記事がこれから何十枚、何百枚も続くのかと思うと、気が遠くなるような作業だ。

武は次々とページをめくっていく。十五年前の十二月十九日。

『児童連続誘拐殺人事件の容疑者とみなされていた男がとうとう逮捕された。吉岡清人。二十六歳。無職。独身。先月の十一月五日、横浜市中区に住む田中聡美ちゃん（六）が何者かに誘拐され、遺体となって発見された。以後、秋葉里子ちゃん（六）、五十嵐幸子ちゃん（七）、米田美紀ちゃん（六）が次々と誘拐され、数日後に遺体となって発見された。捜査本部は横浜市中区に住む吉岡清人を犯人と断定し行方を追っていた。

逮捕された吉岡容疑者は全ての容疑を認めており、反省していると謝罪の言葉を述べているが、警視庁は精神異常の可能性もあると記者会見で発表した』

　なおもページをめくっていくと、十五年前の事件があっという間に終わってしまった。武は十六年前の事件が納められてあるアルバムに手を伸ばし、それを同じように開いていった。十六年前の三月二十五日の記事。

『二十四日の正午過ぎ、葛飾区内にある東林大学病院に男が三階のB室、C室に入り込み、そこにいた患者十三人を次々とナイフで切りつけるという事件が発生した。男は原田芳信、三十五歳。原田は間もなく駆けつけた警察官にとり押さえられ、その場で現行犯逮捕された。動機については、会社を辞めさせられてイライラしていたためと話している』

　昔も今も物騒な世の中である。十六年前の七月二日にはこんな事件が起こっていた。

『十七歳少年による幼稚園バスジャック事件が発生した。一日の午後二時過ぎ、神奈川県大和市にある坂口幼稚園の園児を乗せたバスが十七歳少年にバスジャックされた。少年は出刃包丁を手にして、運転手である大場仁さん（五十三）と坂口幼稚園の保母である高田瞳さん（二十六）を人質にとっていた。バスには二十人の幼稚園児が乗っており、少年の言うとおりに高速へ入り、海老名サービスエリアで停車。そこで十人の園児が降ろされた。夜になると少年は食料を要求。捜査本部は少年に食料を手渡したが、それからは一向に動きをみせず、警察としても対策を練っていた。しかし、二日の午前四時、捜査本部の命令により、特攻隊がバス内に突撃。間もなく少年は身柄を確保された。確認された怪我《けが》人はおらず、警察の調べに対し少年は、有名になりたくて犯行を行ったと自供している』

読んでいて嫌になる事件ばかりである。それにページをめくってもめくっても同じような事件ばかりで、探している事件は見つからず、いつしか二十年前、武が生まれた年にまでさかのぼっていた。

『小学校立てこもり事件』

『連続強盗殺人事件』

『大阪保険金詐欺殺人事件』

『連続放火殺人事件』

『公衆便所爆発事件』

とうとう武が生まれた六月に入った。自分の生まれた日に事件が起きていたのではないかと不安になったが、特に変わったことはなかった。それだけにホッとした気分だった。

七月、八月、武は諦めずにページをめくっていく。そして、九月に入ったところで気になる記事を見つけた。

『山梨県天界村の屋敷でバラバラにされて殺されていた女性の遺体が発見された』

武は記事に釘付けになった。親指さがしの話と似ているのだ。武は記事を目で追っていく。

『山梨県天界村の屋敷で、バラバラにされて殺されていた女性の遺体を村の人が発見した。被害者の名は箕輪《みのわ》スズさん（二十）。首、腕、足、手、指がバラバラにされていたスズさんの体は捜査官により集められた。しかし、左手の親指だけがどうしても発見されなかった。また、スズさんを殺したと思われる犯人が、屋敷の近くで倒れて死亡しているのが発見された。死因は不明。手には凶器と思われる刃物が握られていた。警察では不可解な事件に困惑しているのが現状である』

武は思わず声を洩らした。

「これだ……」

読み終えた武は、小さく載っている殺された箕輪スズの顔写真に視線を移した。屋敷の外観も写されている。が、中の様子は全く分からなかった。

「これだ……間違いない」

山梨県天界村。武はアルバムを閉じて、ポケットの中から携帯電話を取り出した。

ワンコール。

ツーコール。

スリーコール。

「もしもし？　武？　どうした？」

慌てた口調で武は言った。

「もしもし智彦？　見つかったんだ」

「あ？　何が？」

「見つかったんだよ。俺たちが親指を探しに行った、あの別荘が」

8

「ありがとうございました」

やる気のない声を背に受けて、客は店から出ていった。

その日の夜はバイトが入っていた。何となく始めたコンビニのアルバイトを、武はもう一年以上続けている。

「いらっしゃいませ」

また一人、客が入ってきた。ＯＬ風の女性。店内にはその女性一人しかいない。レジの前に立っていた武はその場から移動し、商品の位置を直しに行った。ただ立っているだけだと店長がうるさいのだ。

棚の前に立っていると、昼間の会話が思い出された。

「本当なのか？」

「ああ、本当なんだ。あの話は実際にあったことなんだ」

「いつだよ」

「二十年前だ。山梨の天界村ってところで」

「それで……どうするつもりなんだよ。まさか、行くっていうんじゃないだろうな」

武は静かに答えた。

「行ってみようと思う」

「おいおい、マジかよ。マジで言ってるのか？」

「気になるんだ。ものすごく」

「でもよ、その事件が親指さがしの始まりだとは限らないだろう」

「決まったわけじゃない。でもすごく気になるんだよ。だから、一緒に行ってくれないか？」

電話の向こうで智彦が戸惑っているのが分かる。

「いや……でも」

「由美がいなくなったのは俺たちの責任でもあるんだ。まだ俺たち、終わりにできないだろう」

そこまで思い返していた時、先ほどの女性がレジの前に立ち、すみませんと声をかけていることに気づいた。

「八百七十円になります」

女性は無言で財布から千円札を取り出した。

「千円からでよろしいですね」

武はレジの中を開けて、百三十円を女性に手渡した。

「どうもありがとうございました」

雑誌を買った女性が店の中から出ていくと、いつの間に入ってきたのか、客が一人増えていた。そのまましばらくの間、武はレジの前でボーッとしていた。あの後、智彦は別荘に行くことを渋々了解し、後から連絡した知恵と信久も行くことになった。もう二十年前の事件である。もし屋敷が取り壊されてしまっていればそれまでだが、とにかく調べないと気が済まなかったのだ。

バイトを終え、自宅に着いた頃には十時を回っていた。武は夕飯をとらず、そのまま自分の部屋に向かった。

武はベッドに横になり、大きく息を吐いた。

『山梨県天界村』

武はとっさにベッドから起き上がり、ノートパソコンの電源を入れた。起動するまでの時間が、もどかしかった。

全国の地図が収められているCD－ROMをノートパソコンに挿入し、プログラムから全国地図という文字をダブルクリックすると、間もなく画面が現れた。

山梨県から天界村を検索し、周辺地図をプリントアウトした。

「ここか……」

当時、バラバラ殺人事件の起きた屋敷の場所までは調べられなかったが、それは村の人に訊けばすぐ分かるだろうと武は考えていた。

「よし」

パソコンを閉じて、そのままベッドに倒れ込み、もう寝てしまおうかと思ったが、無意識のうちに卒業アルバムに手が伸びていた。

アルバムを開き、六年三組のページで真っ先に目がいったのは、自分自身の写真ではなく由美の写真だった。撮ったのは卒業の何カ月も前で、親指さがしの話など知る由もなく、まさか由美が消えてしまうなんて思いもしなかった。

由美の笑顔を見ているのが辛く、アルバムを閉じた。同時に親指さがしのやり方を追ってみる。自らが想像したバラバラ殺人事件。首を切断され、腕、足、指を全てバラバラにされた。そして左手の親指だけがどうしても見つからなかった。自分の中で女の気持ちになった。だが事件は現実であり、殺された女性も実在していた。箕輪スズ。その女性の気持ちになったということだ。三日後に山梨の天界村へ向かう。だから何だ。だからといって由美が自分たちの元へ帰ってくるはずがない。殺された箕輪スズのことについて調べるつもりもない。それなら何のために行くのだろう？　屋敷がまだ残っていたとして、その中に入り、それが、親指さがしを行った別荘に間違いないのかを確認するためだろうか。目的はそうかもしれない。だが、天界村の屋敷と親指さがしを行った別荘がもし同じだとしても、その先に何がある。何もない。それで終わりだ。いや、終わらせたいのか。自分の中で由美のことも。

「違う……違う」

武は枕に顔を埋めた。もう何も考えないことにして目を閉じたが、開けることができなかった三つめの引き出しが浮かんでくる。そこには青白くなった左手の親指があるのだろうか。

咄嗟《とっさ》に目を開く。何も考えるなと言い聞かせても、考えてしまう自分がいた。目を閉じては開き、開いては閉じてを繰り返し、いつしか武は眠りについた。

その晩、夢の中で武は、由美を除いた四人でマンションの屋上へ行き、親指さがしを行っていた。

例の一室で武は左手の親指を探している。

だが見つからない。どこを探しても親指は見つからない。そして、とうとう三つめの引き出しを開こうとすると、後ろで肩をポン、ポンと叩かれた。逃げ出したいが、肝心のロウソクがない。

武は意を決してとうとう後ろを振り返ってしまった。

「……由美」

そこには成長していないあの頃の由美が立っていた。

「由美？」

武は由美に話しかけた。

「…………」

「どうしてここに？」

「…………」

「今までどこにいたんだよ」

「…………」

何を話しかけても由美は黙ったままだった。無表情で、武の知っている由美とはまるで別人だった。

「由美、何か言ってくれよ」

そう言うと、突然由美の表情が鋭く変化した。恐ろしい形相で睨《にら》んでいる。

「由美？」

突然の変化に戸惑う武に由美はこう言った。

「親指を、探しに来たのか」

少女とは思えないほどの低い声。恐ろしい口調だった。

武はビクッと跳ね上がり、目を覚ました。

箕輪スズ

1

三日後、武、知恵、智彦、信久の四人は武の車に乗り込み、山梨県の天界村へと向かった。到着するまでの間、車内には緊迫した空気が張りつめており、四人ともあまり口をきくことはなかった。ただ流れてくるラジオに聴き入り、景色を眺めていた。運転している武以外の三人は終始その状態を崩さなかった。それは知恵の一言が原因だった。

「ねえ、もし本当に自分たちの見た別荘だったらどうするの？　私、怖いよ」

あれが幽体離脱であっても夢であっても、もし自分の見た部屋が実在していたとしたら、確かにそれは恐ろしいことだった。だが今さら引き返すわけにもいかなかった。押し黙った四人を乗せて、車は山梨県天界村に向かっていた。

午後二時過ぎに武たちは天界村に到着した。屋敷がどこにあるか分からなかったので、武は一旦小さな平屋の前に車を停めた。

「ここが、天界村か」

信久がポツリと気味悪そうに呟いた。何だか周りが妙に不気味に感じられるのは気のせいだろうか？　特に目立ったものはなく、辺り全体が森に囲まれ、目に入るものといえば川と畑しかない。一言でいえば穏やかな田舎なのだが、言葉では言い表せない居心地の悪さを武も感じていた。

「なんか、気味わりーな」

智彦が口を開く。生い茂る木の葉どうしが擦《こす》れ合うカサカサという音や川のせせらぎが寒気を感じさせた。

「本当に行くの？」

臆病な知恵が三人に確認してきた時、智彦や信久はともかく、武までもが返事ができなかった。

「ねえ、武」

武は知恵に服を引っ張られ、我に返って、小刻みに頷いた。

「あ、ああ。ここまで来て帰れないよ」

「でもどうやって探すのよ。そんな屋敷なんてさ」

それには武も困っていた。すると話し声に気がついたのか、平屋の中から一人の老婆が現れた。

「あんたがた、どうかしたかね？」

武は、どうもと頭を下げて、老婆に事情を説明した。

「実はちょっと探している場所がありまして」

「ほう、何というところかね？　私はこの村にもう何十年も住んでおるから、大抵の場所は知っているが」

「そうですか、それは助かります。実は二十年ほど前に、この村にあるどこかの屋敷で殺人事件があったのをご存じですか？」

印象深かったのか、老婆は考える間もなくコクリコクリと頷いた。

「憶えてるよ。奇妙な事件じゃった。バラバラにされた女の人がおってな、なぜか左手の親指だけが見つからんかったという話じゃ。屋敷の近くにはその女の人を殺した男が死んでおってな。気味の悪い事件じゃった」

「そうです。その事件です。それでですね、その屋敷を探しに来たんですが、まだ残っているのでしょうか」

武が訊くと、老婆は目を閉じて頷いた。

「まだ残っておるが」

「本当ですか？　それで……その屋敷はどこに？」

武が問うと老婆は俯き、妙なことを言ってきた。

「あの屋敷に行こうとしておるのかね？」

「え、ええ、まあ」

すると老婆は、はっきりとこう言った。

「やめときなされ。あの屋敷には近づかん方がよい」

その言葉に、動悸が高まっていくのを感じた。

「どういう意味ですか？」

横から知恵が割って入った。

「あの屋敷には殺された女の人の霊が棲《す》みついておる」

「霊が？」

信久が老婆に訊く。

「どうして、そんなことが言えるんです」

武が訊いた。

「殺されてから何年経った頃じゃろうか。屋敷を取り壊すことが決まってのう。着々と話は進んでおった。だが、いざ取り壊しの作業にかかろうとすると、なぜか作業員全員が突然倒れたり、全身痙攣《けいれん》を起こしたりということが続いて、とても偶然とは思えんかった。それ以来作業は行われなくなった。その話は村中に広まってのう、今では誰もあの屋敷には近づかんよ。特に村の人間はのう」

気味の悪い話だった。殺された女性の霊。箕輪スズの霊が屋敷にとり憑《つ》いている。もしかしたら今も。

老婆の話で四人が怖じ気づいたのは事実だった。

「ところで、あんたがた。どちらから来なさった？」

「東京です」

武が答えた。

「ほう。東京からわざわざ。それで、どうしてあの屋敷へ？」

武は内心の動揺を表に出さないようにしながら答えた。

「調べたいことがありまして。今日はここまでやってきました」

「調べたいことねえ……」

武は決心が鈍らないうちに、心配顔の老婆に訊いた。

「それで、屋敷はどこに？」

「ちょっと本気？　今の話、聞かなかったの？」

知恵がまた割って入ってきた。

「どこなんですか？」

武は聞く耳を持たなかった。老婆は知恵の顔を気にしながら、場所を教えてくれた。

「ここからまっすぐ歩いていくと、周りを草や木に囲まれた、ポツリと佇《たたず》む屋敷がある。そこが、例の屋敷じゃ」

「一つお願いしていいですか？」

「何か？」

「ここに車を停めておいてもよろしいでしょうか」

「それは構わんよ。確かに車じゃ行きにくい道のりだからねえ」

「ありがとうございます。助かります」

武は三人に向き直り、無理に明るい声で言った。

「行こう」

「本気で言ってんの？　私、嫌な予感がするんだけど」

「大丈夫。ただ調べに行くだけさ」

「でも……」

知恵は言いよどむ。

「なあ、智彦」

顔を強張らせている智彦に話をふった。

「あ、ああ、そうだな。大丈夫だ」

武は智彦の性格を見抜いている。そう言われれば、智彦は弱気な姿を皆には見せられないはずだ。

「よし、それじゃあ行こう」

武を先頭に四人は歩きだした。

「待ちなさい」

老婆の声で四人は驚いて立ち止まった。

「もし、ただの遊び心であの屋敷に行くならやめた方がいい」

老婆の顔は真剣だった。武は穏やかな表情でこう言った。

「大丈夫です。そんなんじゃないですから」

そして四人はバラバラ殺人事件が起こった屋敷まで歩き始めた。

2

空を見上げると、カラスがギャーギャーと鳴きながら何十羽も飛び交っている。

草が伸び放題になっている道を十五分ほど歩くと、武たちの目の前に、ひっそりと佇む屋敷が現れた。

「これじゃないのか？」

智彦が指さす。

「そうみたいだな」

「もうボロボロじゃないか」

「当たり前だよ。今は誰も住んでいないし、建てられてから少なくとも二十年は経っている。いや、もっと古いかもしれない」

四人が黙り込むと、草の立てる音が妙に大きく聞こえた。それほど辺りは静まり返っていた。

スズの霊が今でも本当にとり憑いているかのように、異様な雰囲気が屋敷には漂っている。木造の屋敷はさすがにボロボロで、ほとんどが茶色のペンキで塗られていたのであろう外装の全ての色がはげ、白いペンキを使われていたと思われる部分も、色あせている。壁もはがれてしまっていて、到底、人が住めるようなところではなく、人が近づくこともないだろうと思われた。傍らには、大きな樹が植えられている。

「入る……か」

信久がポツリと洩らす。すると知恵が苦しそうに小さく囁《ささや》いた。

「ねえ、みんな」

「どうした？」

武が後ろの知恵を振り向いて言った。

「何かさ、息苦しくない？」

そう言って知恵は大きく息を吐く。

「いや、そんなことはないけど」

「息苦しくは、ないな」

智彦が続けた。

「ホント？　気のせいかな」

知恵は独り言のように言った。

「もし何だったら、ここで待っててもいいぞ」

武が知恵に言葉をかけた。

「ううん。大丈夫。こんなところで独りぼっちなんて余計やだよ。私も行く」

「大丈夫か？」

信久が心配そうに言った。

「うん。大丈夫」

智彦が口火を切った。

「よし、入るか」

緊張が走った。

「行こう」

武の言葉で屋敷に向かって歩き始めた。武を先頭に、信久、知恵、智彦が後ろに続いた。扉に手をかけると、鍵が掛かっていた。

「壊すか」

もう後には退《ひ》けなかった。武は地面に落ちている大きめの石を両手で持ち上げた。

「ちょっと、そんなことして大丈夫？」

心配そうに知恵が言う。智彦と信久は口を閉じたまま、武の行動に目をやっていた。武は思いきり扉に向かって石を叩きつけた。激しい音が周りに響く。何度も何度も叩きつけているうちに手応えを感じた。

「開いたか」

と言って武は取っ手に手をやり、静かにゆっくりと扉を引いた。すると、ギギギギという不気味な音が屋敷内に広がった。四人はお互いの顔を確認し合った。全身に緊張が張りつめてくる。

屋敷内に入った武は激しく咳《せき》をした。埃《ほこり》が部屋中に充満しており、床にもびっしりと積もっていて、歩くと足跡が残ってしまうほどだった。

埃。蜘蛛《くも》の巣。見たこともないような虫がカサカサと逃げていく。部屋の明かりなどはなく、外の明かりだけが頼りなので、夜に入ることはできなかっただろう。

歩くたびに床がギシギシと軋《きし》むような音を立てる。一歩一歩慎重にゆっくりと、武たちは歩いていった。

入り口の扉を開けると、現在武たちがいる大部屋になる。古びたソファが真っ先に目についた。食器棚の中には二枚ほどしか皿が入っていない。チャンネルをダイヤル式で替える旧式のテレビは壊れている。埃だらけのテーブルの手前に置いてある洋風のチェアも目についた。どうやらこの部屋はリビングとして使われていたらしい。気になるのは、部屋のところどころに扉があることだった。数は三つ。部屋へ行くまでの通路はなく、リビングから扉を開けると直接各部屋に入ることができるのだろうが、個性的というか、おかしな造りだった。

「どうする？　部屋に入るか」

智彦が声をひそめて言った。

「そうだな。入ってみよう」

ギシギシと音を立てながら、四人は一つめの扉の前に立った。ドアノブに手をかけたのは武だった。木のドアが音を立てて開いていく。

中に入るとそこは書斎のような部屋だった。部屋から外の様子が窺《うかが》えそうだが、埃や汚れで到底白とは思えない花柄のレースのカーテンが邪魔している。壁もしみで汚れており、触るのにも抵抗があった。

「電気、つかないよな?」

智彦が信久に言う。信久は扉のすぐ横にある電気のスイッチを入れてみる。

「だめだ。つくはずがねえ」

武は部屋全体に目をやった。

目についたのは埃だらけの机とイスだった。なぜか机の上にはドロドロに溶けて短くなってしまったロウソクが置いてある。

「ロウソク……」

武はそれが気になっていた。

蜘蛛の巣がところどころ張り巡らされている大きな本棚が二つ並んでいて、中には埃をたっぷり被《かぶ》った何十冊もの書籍がすすけたガラス越しに窺える。目立つものといえばそれだけで、地味な部屋だった。

「どうした?」

知恵の様子がおかしいことに気がついた武は声をかけた。

「私……ここ……来た」

「え？　どういうことだよ」

智彦が知恵に尋ねた。その時、武は直感した。

「まさか」

自分の勘が当たらないようにと思いながら武は知恵を見た。

「間違いない。私ここに来た。ここで親指さがし、した」

興奮した口調で知恵がそう言った。武はすでに平常心を失っていた。

「本当なのかよ！　間違いないのか？」

知恵が震えるように何度も頷く。

「間違いないよ。でもこんなに部屋全体が古くなかった。誰かが住んでいてもおかしくないような部屋だったんだ」

「おいおい冗談だろ」

智彦が茶化すように言う。

「ううん。冗談なんかじゃない。確かに私、ここで親指を探したもん。机の中だって開けてみた。そう、それにロウソク。机の上にロウソクがともっていて、怖くなって私はロウソクを消したの」

知恵の口調は嘘とは思えなかった。

「一体どうなってんだよ」

信久が情けない声を出す。

「なあ、まさか……他の部屋も」

智彦が言った。

「行こう」

武の言葉で四人は部屋を出た。薄暗い大部屋で歩調を早め、隣の部屋の扉を智彦が勢いよく引いた。

そこも薄暗かった。小さなベッド。ガラスのテーブル。その上にはボロボロになった書籍や地球儀。そして先ほどと同じくドロドロに溶けて短くなったロウソク。隅っこにはゴルフクラブが置いてあった。武には見覚えのない部屋だった。

「嘘だろ……信じられねえよ」

震えながら今度は智彦がそう洩らした。

「ここなのか？」

反応は知恵と同じで、怯えるように何度も頷く。

「ああ、間違いねえ。ここで俺は親指を」

「もうやだよ、私！」

思わず知恵がそう叫ぶと、信久が慌てて部屋から出ていこうとした。

「おい、信久！」

武の声を無視して、信久は部屋から飛び出していった。

「ちょっと待って」

知恵が信久の後を追う。部屋には武と智彦の二人だけとなった。

「まるで違う部屋に見えるな。俺が親指を探した時だって、こんなじゃなかった。おもしろ半分にベッドの下を探して、立ち上がった時、突然誰かに肩を叩かれたんだ」

智彦の言葉を黙って聞いていると、信久の後を追った知恵が部屋に戻ってきた。

「やっぱり偶然じゃないよ。信久も、確かにそうだって。同じ部屋だって……」

「信久は？」

「部屋で固まってる。まだ信じられないみたい」

「そうか」

武はふーっと息を吐いた。一階には知恵、智彦、信久の見た部屋があった。だとすれば二階は……。間違いない。武は確信を得た。

武は智彦と知恵を置いて二階へ向かった。智彦はそこから動けずにいた。

「ちょっと待ってよ！」

知恵の言葉を振り切って武は階段をドタドタと上がっていく。知恵が後を追ってくる。二階に上がった武は多少息を切らして、扉の前に立ち止まった。

予想したとおりだった。二階には扉が二つある。その一つめの扉の前に武は立った。後ろにはもう知恵が来ている。知恵の荒い呼吸を後ろで聞きながら、武は扉を見つめていた。

「開けないの？」

知恵の声で武はドアノブに手をかけた。大きく息を吸い込んで、武は扉をそーっと開けてみた。ギギギと木が鳴く。

ギシ、ギシ、ギシ。薄暗く埃っぽい部屋の中に武と知恵が足を踏み入れた。もう明らかだった。疑いようがなかった。

『親指さがしって知ってる？』

由美の声が蘇った。

「どうなの？」

後ろにいた知恵の問いかけに武は頷いた。

「間違いない。ここだ」

知恵はもう、驚きはしなかった。武は部屋のものを一つひとつ確認していった。窓には、ボロボロになったカーテン。その側にベッド。木の本棚。イスの上には見覚えのあるフランス人形が置かれていた。七年前の親指さがしの時とは違ってさらに埃まみれになり、汚れてしまっている。こちらを見ているのは気のせいだろうか。そして古びた机とロウソク。配置は全く変わっていない。

「あの時俺たちは、この中にいた。それぞれの部屋で親指を探した。やっぱりこの屋敷だったんだ。間違いない。そうだ！」

「どうしたの？」

急に思い出して武は見慣れた机に向かった。どうしても確認できなかった三つめの引き出しだ。もう少しというところで肩を叩かれて、そのままロウソクを消してしまったのだ。

「この引き出しだけは、今確認しないといけないんだ」

三つめの引き出しに手をかけた武は、ゆっくりゆっくり引いていった。息を呑《の》みながらゆっくりと。ある程度引いたところで、武は思いきって素早く引いてみた。

すると、青白い親指が見えた。

ハッとなり、それが幻覚であることに気がついたのは、一枚の写真が目に入ったからだった。

「何？　写真？」

写真に目をやりながら武は答える。

「ああ」

引き出しの中には一枚の色あせた写真が入っていた。この屋敷を背景に、一人の中年男性と、小学校低学年くらいの少女が写っている写真だった。少女は半ズボンで、首には青色の虫かごをぶらさげている。男の子のような格好だった。

「この子がもしかしたら……」

写真に写っている少女に、武は何かを感じた。体がバラバラにされてしまう光景が浮かぶ。この少女が殺されてしまった箕輪スズではないか。

「どうしたの？」

知恵に声をかけられ、武は写真をポケットにしまい込んだ。すると階段を上がる足音が聞こえて、智彦がやってきた。

「お前はここか？」

智彦にそう訊かれ、武はああと頷いた。

「何だか妙なことになってきちまったな」

いつもと違って神妙な面持《おもも》ちだ。

「ねえ、さっきのお婆さんの話もあるし、もう出た方がいいんじゃない？　何かあってからじゃ遅いよ」

「ああ、でも最後の一部屋。由美の部屋がまだ残っている。いいだろ？」

残りの一つは由美が親指を探した部屋。一体あの部屋で何が起こったのか。ひょっとしたら手掛かりになるようなものが残っているかもしれない。

知恵は分かったと頷いた。

「それで、信久は？」

「まだ下にいるんだろ」

「そうか」

「ねえ、早く行こう」

知恵の言葉で武たち三人は部屋を出た。

信久を下に置いたまま、最後の部屋の扉の前で立ち止まった。

「開けるぞ」

同時に智彦が扉を開いた。どの部屋も同じく気味の悪いギギギという音がする。

部屋の中に入り、咳を繰り返しながら舞い上がった埃を智彦が振り払う。

「ここに、由美が」

部屋をぐるりと見渡して武が言った。

「おそらくそうだろう。由美はこの部屋に来た」

お姫様が寝るようなカーテンのついたベッドに小さな化粧台。机の上にはやはりロウソクが置かれている。汚れた熊のぬいぐるみが三つに、もう使いものにならないような、スピーカーが一つしかない古いラジカセ。木で作られた揺れるイスの上にもウサギのぬいぐるみが置いてある。それらのベッドやぬいぐるみから判断すると、ここは殺された箕輪スズの部屋だったのだろう。そして、特に気になったのが、床にバラバラに飛び散ったガラスの破片だった。それを見て、武は二度めに親指さがしを行った時のことを思い出した。どこからか聞こえたガラスが割れるような音。やはりあの時、由美の身に何かが起こったのだ。

部屋の中を見渡していると、突然知恵が悲鳴をあげた。

「キャーッ！」

「どうした！」

「何だよ！」

武と智彦が同時に声をあげる。すると知恵が壁を指さしていた。

「これ……血じゃないの？」

そこにはどす黒いものがこびりついていた。しばらく見つめた後、武が口を開いた。

「そうかもしれない」

意外にも武は冷静でいられた。

「ここで、殺されたというわけか？」

智彦も意外に冷静な口調だった。

「もう嫌だよ。早く出よう、こんなところ。もう気持ち悪くて仕方ないよ」

知恵の言葉に武と智彦は固まっていた。それからしばらくの間、三人は無言のまま部屋の中を見渡していた。すると突然、知恵が、ねえねえと囁きながら武の服を引っ張ったのだ。

「どうした？」

武は知恵を振り向く。知恵は化粧台の鏡に体を向けていた。

「ねえ、今……誰かいた。鏡に映ってた」

「そんなはずねえだろ」

智彦の声が裏返る。

「ううん。確かにいた気がする。髪の長い女の人が」

鏡には誰も映っていない。あまりの恐怖に知恵も混乱しているのだろう。

「ねえ、もう帰ろう」

怯えながら知恵が言うと、今度はイスに置いてあったウサギのぬいぐるみが突然床に落ちたのだ。

「キャッ！」

知恵が小さな悲鳴をあげる。

地震？　いや違う。人形が落ちるくらいの震度なら、とっくに体が揺れを感じている。

「もういい加減にしてよ。早く出よう」

さすがに武と智彦も怖じ気づいた。

「ああ、そうだな」

部屋から出ようとすると、今度は突然ラジオが悲鳴をあげるようにキーキーとかん高く鳴りだしたのだ。飛び上がるように三人はラジオを見つめた。

「何よ……何なのよ！」

ラジオは繰り返しキーキー悲鳴をあげている。明らかにこの部屋には何かいる。

「早く出よう」

武の言葉で三人が部屋を出ようとすると、信久が扉の手前で下を向いたまま立っていた。右半身が、隠れている。

「どうした？　そんなところに立って」

武が訊いても、信久は無言だった。下を向いたままピクリとも動かない。

「おい。どうしたんだよ」

「………」

明らかに様子がおかしかった。雰囲気がまるで違う。誰も信久に近づこうとはしなかった。

「信久？」

武の問いかけにスーッと顔を上げた信久の瞳は氷のように冷たかった。これまで見たこともない表情に、武は本当の恐怖を感じた。

「おい何だよ。冗談だろ？　脅かそうたって無駄だぜ」

表情を強張らせてはいたが、智彦は平静を装って言った。微《かす》かな言葉の震えは隠せない。

するとと信久が突然低い声で妙なことを言いだした。

「ここで何してる」

鋭い口調。

「何って……」

武は返事に困る。

「お前たち、私の別荘に何をしに来た」

戸惑いの中、智彦が怒声を放った。

「いい加減にしろ！」

信久は間髪《かんぱつ》を入れずにこう言った。

「私の親指を……」

その言葉で智彦の表情が強張る。

た。

「え？」

「探しに来たのか」

違う。これは信久ではない。さらに恐怖がこみあげてきて、三人は口を開くことができなかった。

「探しに来たんだろう。私の親指を」

止められない。誰も止めることはできなかった。

「探しに来たのか。言え。言え」

武は生唾をゴクリと飲み込んだ。気がつけば手のひらにビッショリと汗をかいていた。

「俺たちは、親指なんて、知らない」

信久の向こうにいる誰かに武は言葉を返していた。

「お前たちも私の痛みを味わえ」

「え？……」

そう言って部屋に入り込んできた信久の、隠れていた右手が上がった。その手には錆《さ》びついた大きな鎌が握られていた。

「ちょっと……信久？　冗談でしょ？　冗談やめて！」

震えながら知恵が声をあげた。武は恐怖のあまり喉《のど》がつまって言葉を発することもできなかった。

「お前たちも……私の痛みを味わえ！」

低い声で叫びながら信久が智彦に鎌を振り下ろした。

「智彦！」

武が叫ぶ。

「キャーッ！」

知恵が悲鳴をあげた。智彦は凍りついたようにその場から動けずにいた。あのままなら智彦は大怪我を負っていただろう。だが、間一髪というところで、信久が意識を失って倒れ込んだのだ。

鎌が音を立てて床に落ちる。

「大丈夫か？」

武は智彦に声をかける。

「あ、ああ……大丈夫」

魂が抜けてしまいそうなほど、ドッと息を吐きながら智彦がそう返事をした。

「信久？　信久？」

声をかけても信久は倒れたままだった。

「どうしてよ。どうしてこんな目に遭わなきゃいけないの」

知恵がそう洩らした。武と智彦は黙ったままだった。信久が目を覚ますのはもうしばらく経ってのことだった。

3

「頭がクラクラするし、体も怠《だる》いよ」

信久が額に手をあてながら呟いた。

さんざんな目に遭った四人は屋敷から一歩外へ出た。しばらく歩いて武は屋敷を振り返ってみた。モヤモヤとした異様な雰囲気が漂っているのは今も変わらない。

「本当に憶えていないんだ。何も」

殺された女性、箕輪スズの怨念《おんねん》が漂っている。

「自分が部屋に入ったのは憶えている。自分が見た部屋だと驚いてたら、急に眩暈《めまい》がして体が重くなって。でもそれからのことは一切憶えていなくて。気がついたら倒れている自分がいて」

憶えている出来事を、一つひとつゆっくりと話す信久が、嘘をついているとは到底思えなかった。あの時、明らかに箕輪スズの霊がいた。その霊が信久の姿を借りて現れたのだ。

『私の別荘に何をしに来た』

そして屋敷に入ってきた人間の親指を。

考えるだけで恐ろしかった。老婆の言ったことは間違っていなかった。あの屋敷には箕輪スズの霊がいる。ただどうして七年前、あの屋敷の中の部屋に行けたのか。それが不思議でならなかった。

「俺、何かしたのか？　教えてくれよ」

何も憶えていないと言う信久に、真実を伝えることはできなかった。

「いや、戻ってきたと思ったら、突然倒れちまったからさ、俺たちは本当に驚いたんだけどな」

武は必死に考えた嘘を信久に言い聞かせた。

「本当にそれだけか？」

どうしても気になる様子であった。それはそうだろう。他の三人は来る時よりも信久に対して若干よそよそしくなっているのだから。

「本当だよな？　智彦」

「あ、ああ」

狼狽《うろた》えながら智彦は曖昧《あいまい》に頷く。

「気にすることないよ」

知恵がそうつけたした。

「そうか、ならいいんだけど」

信久は一応、安心したようだった。武、智彦、知恵は目を見合わせて、視線を落とした。

七年前、実在する屋敷の部屋にどうして移動することができたのか。車を停めた平屋まで戻る間、四人はそれぞれ、無言でそればかりを考えていた。由美が体験したと思われる部屋での出来事は一切会話には出さず、重苦しい雰囲気の中、武たちは草道をトボトボと歩いた。

途中、畑の方から腰の曲がった老人がこちらへ近づいてくることに武は気がついた。

武たちとすれ違いざまに、その老人が声をかけてきた。

「待ちなさい」

麦わら帽子を被り、肩に鍬《くわ》を背負った八十がらみの見知らぬ老人に声をかけられ、四人は驚いて立ち止まった。武が老人に尋ねた。

「何か？」

「ここら辺では、見慣れぬ顔だが」

老人は四人の顔をまじまじと見た。

「ええ、東京からやってきたんです」

老人は何度も小さく頷く。

「ほう、東京からわざわざ。で、何の用で？」

どう答えようか、武は迷っていた。

「いえ、あの……」

「君たちの来る方向からして、もしやと思ったんだが、まさか、あの別荘に行ったわけではあるまいな」

武はドキッとした。やはりあの屋敷には何かある。何と答えればいいのだろう。他の三人は黙っていた。

「いや、違うのなら別に用はない。失礼した」

このまま何も答えなければ老人は去っていくだろう。しかし、さっき屋敷で起きたことは何だったんだ。

「行きました」

躊躇《ちゅうちょ》しながらも、武は答えた。すると老人の表情は一変した。驚き以上の恐れのようなものが見てとれた。

「中へ、入ったのか？」

武は老人の変化に少したじろいだが、意を決してはっきりと答えた。

「入りました」

老人の眉《まゆ》が、ピクリと反応した。

「無事だったのか？」

「え、ええ」

武は嘘をついた。

「そうか」

老人は安堵《あんど》の息を洩らした。

「それで、何のためにあそこへ？」

どこまで正直に答えればいいのだろう？

「いや、別に。肝だめしっていうか、気味の悪い屋敷だったから」

「そうか。それなら二度とあそこへは近づくな。もう帰りなさい」

妙に老人は屋敷から突き放そうとする。

ふと武は、この老人ならあの屋敷でかつて何があったのか、そして、あの屋敷が何なのかを教えてくれそうな気がした。

「あそこで、何かあったんですか？」

老人は何かを思い出すような表情をして、言った。

「わしは小さい頃からあの子を知っておる。春休みや夏休みになると必ずあの子は父親と一緒に神奈川の方からやってきた。母親がいないらしくてのう、必ず二人で。別荘として使っておった」

「あの子……別荘」

老人は頷く。

「本当に仲の良い親子でな。いつも手をつないでおった。髪が長くて目がパッチリしていて、かわいい子だった。本当にごく普通の女の子のように見えた。しかし、恐ろしい子でもあった。いや厄《やく》の子だったのかもしれん」

恐ろしい子。厄の子……。

「厄の子って？」

「わしはあの子と色々な話をした。どこから来たのか。それが一番最初だった。私にはお母さんがいないの。そう自分から話したこともあった。首に虫かごをぶらさげていた時に、それはどうしたのかと訊くと、お父さんに買ってもらったと嬉しそうに言ったこともあった。だが、それだけではなかった」

「どういうことですか？」

「あの子はいつも帰り際、必ず予言を口にしたのだ」

「予言？」

「そう、それは必ず現実となって村に災いを起こした」

「どんなことが起こったのですか？」

智彦が横から口を開く。

「まずは、謎の病気で人が倒れる。あの子はそう予言した。村の民家が火事で全焼してしまう。そう予言したこともあった。突然、白い蛇が子供を襲うだろう。そう言ったこともあった。他にもまだまだあった。あの子はわしに、だからおじさんも気をつけた方がいいよ、と明るい口調でそう告げた」

「信じられない」

「明らかに普通の子ではなかった。あの子の言ったことは必ず現実となって起こった。だが、災いは彼女にも起こった。あの子が二十歳になって間もなく、父親が事故で死んだ。一人でやってきたあの子はわしにそう話した。それから一人で別荘の中に閉じこもっていたのだが、バラバラにされて殺されてしまった。残酷な光景だった。さらに妙なことに、バラバラにされた体のうち、左手の親指だけが見つからなかった。あの子を殺した犯人は近くで死んでいたが、未だに死因は分からない。それ以来、あの別荘は呪《のろ》われているという噂が村中に広まり、誰もあそこには近づかないようになった。何年ぶりだろうな、君たちのようにあの別荘へ近づいた人間は」

「何年ぶり？」

武はその言葉が気になった。

「何年前になるかのう。七、八年前か。わしがある日、畑仕事をしているとな、小学生か中学生くらいの女の子がフラフラとあの別荘の方へ向かって歩いていった。ひどく窶《やつ》れた様子でな。わしは声をかけたんだが、その子は振り向きもせずにそのままだらしなく歩いていってしまったよ。何かにとり憑かれているようにな。それ以来、その子の姿は見ておらんが」

武は、思った。

七、八年前？　由美？

「まさかな」

武は先ほど屋敷の中で見つけた一枚の色あせた写真を老人に渡した。

「殺された女の子は、この子ですよね？」

まじまじと写真を見つめながら、老人は頷いた。

「そう。この子がそうだ。それにしてもこの写真は？」

「屋敷の中で見つけました」

そう答えると、老人は武に写真を返した。

「どちらにせよ、もうあそこには近づかないことだ。いいな？　今後、二度と近づくなよ」

老人は鋭く言い放って会話を切り上げた。

けれど、武はもっと箕輪スズのことについて知りたいと思った。妙に気になるのだ。

「とにかく早く帰りなさい」

そう言い終えると、老人は踵《きびす》を返し、武たちに背を向けた。

「行こう。一刻も早くこの村から出よう」

気味悪がる信久の言葉で、四人は老人に背を向けた。だが、どうしても諦めきれなかった武は、振り返ってもう一度老人に声をかけた。

「ちょっと待って下さい」

老人の足が、ピタリと止まった。

「どうした？」

「名前を……教えて下さい」

「わしの名前かね？」

「はい、そうです」

「山田与三。生まれてからずっとこの村に住んでおる」

武は山田に頭を下げた。四人は車を停めてある平屋へと戻った。

4

「ねえ、武」

ハンドルを握る武に、助手席に座っていた知恵が声をかけた。前方に注意しながら、武は知恵を一瞥《いちべつ》する。

「うん？」

「どうして、あの人の名前を最後に訊いたの？　もう二度と会わないのに」

「何でだろうな」

白々しく武は答える。

「何それ」

「おい、まさか、またあそこに行く気じゃないだろうな」

後部席に座っていた智彦が鋭く訊いてきた。

「いや、別に」

武は話をはぐらかす。

「俺はもうごめんだぜ。あんなところ二度と行きたくねえよ。正直、もう忘れちまいたいよ」

それは由美のこともか。武は智彦にそうは訊けなかった。

「それより信久。体の方はもう大丈夫なのか？」

武は話をそらし、信久に話題を振った。

「ああ、だいぶ楽になったよ。でもまだちょっと怠いかな」

「寝てた方がいいんじゃない？」

知恵が言う。

「ああ、そうするよ」

そのやりとりを最後に、車内は沈黙した。ラジオもつけず、窓を開けることもなく、誰もたばこを吸わない。ただ、東京へひた走るだけだった。

東京に着いた頃、空は真っ暗だった。武は信久、智彦、知恵を自宅まで送り届け、砂利の駐車場に車を駐《と》めて自宅までゆっくりと歩きながら、今日の出来事を思い出していた。七年前、親指を探した部屋が、あの屋敷の部屋と重なった。そして信久に何が起こったのか。あの時、箕輪スズが信久の体にとり憑いたとしか考えられなかった。

帰りに出会った山田与三の言葉。スズの過去。七、八年前にスズの別荘に吸い込まれるようにして歩いていった一人の女の子。由美がいなくなったのも七年前……。

自宅の玄関のドアを開けるなり、母の声が聞こえてきた。

「武？　武なの？」

「ただいま」

「もう何も連絡くれないんだから。どこに行ってたの？　ご飯、もう冷めちゃったわよ」

父は仕事からまだ帰ってきていないようだ。

「ご飯食べるでしょ？」

武は疲れた素振りを見せる。

「ああ、食べる」

「それじゃあ、待ってて。今すぐに温めなおすから」

疲れきった武はイスに腰掛けて、見る気もないのに、テレビのリモコンを手にしていた。

サッカーの親善試合が行われている。スタンドは、武の心とは裏腹に大騒ぎだった。

夕食を済ませて武が自分の部屋に戻ると、携帯電話が鳴りだした。液晶画面を確認する。

『五十嵐智彦』

山田とのやりとりが、気になっているのだろう。

「もしもし。どうした？」

「今、大丈夫か？」

電話の向こうが妙に静かだった。おそらく智彦は自分の部屋から電話をしてきているのだろう。

つまり、誰にも話を聞かれたくないのだ。もちろん、親にもだ。

「ああ。別に大丈夫だけど。それで、どうした？　さっき別れたばっかりだろう」

恋人どうしが交わす会話のようで少しおかしかった。ただこの場合、意味が全く違うが。

「分かってるだろう。今日のことだよ」

「ああ」

「さっきは信久がいたから、あまり深い話はできなかったけど、もうあのことに深く首を突っ込むのはやめろ。お前自身、目の前で見たろ。別人みたいになった信久を。あれは普通じゃない。あの時、殺された女の霊が信久の体にとり憑いたんだ。危険すぎる。それが今日分かっただろう」

「ああ。確かにあそこは危険だ」

「ならどうして、自分から危険を冒しに行く」

「何のことだよ」

「とぼけるなよ！　お前、またあの村に行こうとしてるだろ」

「思ってねえよ」

「じゃあ、どうしてあのじいさんの名前を最後に訊いた。二度と会わない人間の名前をわざわざ訊くかよ」

智彦は全てお見通しのようだった。武は口を閉ざした。

「お前には悪いけど、俺はもう降りる。七年前のことにはもう関わらねえ。お前ももう関わるな。足を踏み入れたところで何も解決しねえよ。きつい言い方だけど、由美が帰ってくるわけでもねえ。お前だってそれくらい分かってるだろ」

分かっている。だが何かが引っかかる。由美はもちろん、二十年前に殺された箕輪スズが妙に気になるのだ。まるで、箕輪スズがこう言っているようだった。

絶対に、忘れさせない、と。

「ああ。分かってるよ」

「いいか？　俺はお前のために言ってるんだ。正直、あそこはやばい。もう近づかない方がいい。いいな？」

分かった。そう言わなければ、このやりとりは朝まで続く。

「ああ、分かったよ」

「よし。それでいい」

智彦は続けた。

「もう忘れよう。七年前のことから抜け出そう。もういいじゃねえか」

由美のことも忘れた方がいい。口にはしなかったが、智彦は遠回しにそう言っている。

「ああ、そうだな」

武が返事をすると、智彦はよしと言った。そして無理に話題をそらす。

「今度は四人でキャンプにでも行こう。夏になったらお前の車でさ」

武は智彦の口調に合わせる。

「ああ、そうしよう。それがいい」

「それじゃあな」

「それじゃあ」

武は携帯電話を切ってベッドに軽く投げつけた。そして机に、別荘で見つけてきた色あせた写真を置き、じっくりと見据えた。

写真に写るスズの笑顔は変わらない。父と娘。虫かごを首にさげているスズ。歯は見せずに笑っている。

笑顔。

笑顔。

笑顔。

その時、武はハッとした。

動くはずのない表情が動いた。笑顔のスズが悲しい表情になる。

武は写真から目をそらし、頭を振ってから再び写真に目を向けた。どこも変わってはいない。

気のせいか。

目を閉じて、両手で瞼《まぶた》を擦った。

疲れているのだろうか。

瞼を押さえながら武は独り言を洩らす。

「箕輪スズ……」

武は再び写真に目を戻す。

箕輪スズという女。

恐ろしい子。

厄の子。

普通の人間ではない。

武は箕輪スズの過去についてもっと知りたかった。もしかしたら由美が消えた謎も、分かるかもしれない。

武は明日からの行動を、頭に描き始めた。

5

翌日、カーテンを開けると、空は薄い雲に覆われていた。アラーム時計のけたたましい音で目を覚ました武は、昨夜の電話を思い出した。

智彦と話し終えてしばらく経ってから、携帯にもう一本の電話があった。知恵からだった。私はもう絶対に関わらないからね。今日の場所だってもう二度と行きたくないと、知恵は興奮していた。武が分かったと宥《なだ》めるように言うと、短い会話は終わった。

アルバムの中から由美の写真を一枚だけ選び、昨日見つけたスズの写真と一緒に封筒に入れた。

ふだん使っているショルダーバッグをつかんで部屋を出た。

「おはよう」

母と目が合う。

「おはよう」

武が小さく返すと、母が目を見開いた。

「あら？　どこか行くの？　大学は休みでしょ？」

「ああ、ちょっとね」

「どこへ行くの？」

子供じゃあるまいし、いちいちどこへ行くかなど言う必要はないだろう。

「別に。友達んとこ」

母もさすがにそれ以上は訊いてこなかった。

「あっそう。何時に帰ってくるの？　お昼はいらないのね？」

「ああ、いらない。多分夜までには帰ってくる」

「それじゃあ夕食は作っておくからね」

だんだんと煙たくなってくる。

「分かったよ」

「それで？　朝ご飯はどうする？　食べるんでしょ？　もう作ったわよ」

ここでいらないと言えばまた母はうるさく言ってくるだろう。

「食べてくよ」

「じゃあ座ってて。今、用意するから」

武が朝食をとっている間、母は台所で皿洗いをしていた。父はどうしたのだろう。もう仕事に出たのだろうか。最近は忙しいのか。母も話題にしない。武からそんな話をするはずもなく、手早く朝食を済ませて、武はイスから立ち上がった。

「ごちそうさま」

そして、そそくさと玄関に向かった。

「もう行くの？」

母が玄関までやってくる。

「ああ。早くしないと約束の時間に遅れるから」

「そう。行ってらっしゃい」

武は返事もせずに、玄関の扉を開き、外へ出た。

天気は相変わらずパッとしない。晴れている方が、まだ気分的にも明るくなれるのだが。

駐車場で車に乗り込むと、今日は一人だという思いがこみ上げてきた。

昨日のこともあるので、覚悟が必要だった。

助手席にショルダーバッグを置き、エンジンをかけると、同時にラジオから音楽が流れた。右手はハンドルに。左手でパーキングからドライブに入れた。

車はゆっくりと走りだした。


武が天界村に車を走らせている頃、五十嵐智彦は武の自宅へと急いでいた。昨日の電話が気になっていたのだ。あの様子だと、武はもう一度天界村へと向かうはずだ。絶対に。

武を止めなければならない。あそこは危険すぎる。武の身に何かが起こってからでは遅いのだ。

昨日の信久の件もある。二度と武を行かせてはならない。

沢家の玄関前に立ってインターホンを押したが、掃除機の音でかき消されているのか、誰も出てこない。さらにもう一度インターホンを押すと、掃除機の音が消え、足音が聞こえてきた。

「はい、どちらさま？」

智彦は笑みを作った。

「こんにちは。五十嵐です。憶えてますか？」

智彦が頭を下げると、武の母の表情が綻《ほころ》んだ。

「あら、五十嵐君？　すっかり大人になっちゃって。久しぶりね」

「お久しぶりです。武君はいますか？」

智彦が尋ねると、彼女は残念そうに言った。

「ごめんなさいね。今日は朝早くから出ていないのよ」

智彦の中で嫌な予感が膨らんでいく。

「どこへ行くか言ってませんでした？」

彼女はえーと、と思案した。

「友達と約束があるって言っていたけど。それがどうかしたの？」

「いえ、別に。ただちょっと話があったものですから」

智彦は笑顔でとり繕う。

「それなら携帯電話にかけてみればいいわ。番号知ってる？」

「ええ」

「そう。ごめんね。せっかく来てもらったのに」

「いえ、いいんです。電話してみます」

「そうしてくれる？　武には五十嵐君が来てくれたって言っておくから」

それじゃあ、と智彦は頭を下げた。

「またいつでも遊びにいらっしゃい」

「ありがとうございます。さよなら」

玄関が閉まると、智彦の表情から、笑顔が消えた。

「武……」

智彦はすぐさま携帯を取り出した。

6

昨日より短い時間で武は山梨県天界村に着いた。車の中で何度も携帯が鳴っていた。赤信号で停車した時、液晶画面を確認すると智彦からのものであった。おそらく智彦は自分の家に電話をし、母に自分の不在を確認したのだろう。だから電話をしてきたのだ。智彦が何を言いたいかは分かっていたので、あえて無視することにした。

武は昨日と同じ場所に停車して、車から降りた。

とにかく昨日の老人、山田与三を捜して、もう一度話を聞きたいと考えていた武は、箕輪スズの別荘までの道のりを歩いていった。ただ、二度と別荘の中に入るつもりはなかった。というより、とても入る気にはなれなかった。

畑仕事をする人を何人か見かけたが、山田ではなかった。このままだと再びあの屋敷に着いてしまう。近づくのさえ嫌だった。

山田の姿は見あたらず、どこに住んでいるかも分からない。畑にいる一人の老人に声をかけようとした、その時だった。

白いワンピースの女の後ろ姿が目に入った。距離は相当あったが、髪の毛が異様に長く、腰のあたりまで伸びている。そして後ろ姿しか分からないのに、不気味な空気が強く感じられた。

足を止めていた髪の長い女は、こっちへ来いと言わんばかりに横顔をちらりとこちらに向けて歩きだす。武は引き寄せられるように、女の後ろをついていく。方向はスズが殺された別荘だった。

案の定、女はスズの別荘へと歩いていった。

武は多少戸惑ったが、別荘の前までは行ってみることにした。

「あれ？」

ところが別荘の前に来ると、今さっきまでいたはずの女はいなくなっていた。

消えた？

不意に武は後ろを振り向いた。

た。

「気のせいか」

後ろに誰かの気配を感じたのだが、誰もいなかった。武は気味が悪くなり足早に別荘を後にした。

ワンピースの女は何だったんだ。

武は車を駐めた方へ戻った。とにかく山田に会って話をしたい。一体、どこにいるのだ。

武が草道を彷徨《さまよ》っていると、偶然にも昨日と同じ場所で山田と再会することになった。

武の顔を見るなり、山田の表情が変わった。

「もうここへは来るなと言ったろうが」

怒っているわけではない。困惑している、といった方が正確だった。

武は山田に頭を下げる。

「今日は、一人か？」

「はい、そうです」

山田はフッと微笑んだ。

「わしに何か用か？　これから仕事をしようと思っていたんじゃが」

「すみません」

「冗談冗談。それで、今日は何しに来た？　まさか、またあの別荘の中に入ったわけではあるまいな」

「いや、あそこにはもう入ってません。さすがに入る気がしません」

「まあそうだろうな。それで、昨日の三人はどうした？　今日はおらんのか？」

「ええ、まあ。今日は個人的に山田さんに訊きたいことがあったものですから」

「東京からわざわざねえ……」

嫌みたらしく山田は言う。

そして、一つ息を吐いて、山田はこう尋ねてきた。

「で？　訊きたいというのは箕輪スズのことか？」

訊くことといったら、それ以外なかった。

「そうです。箕輪スズという女性のことが気になりまして」

「スズの、何を知りたい」

武ははっきりとこう言った。

「過去です」

山田は視線を落とした。

「過去といっても、わしはスズの親でも親族でも何でもない。ただ小さい頃に色々話しただけじゃ。それに大体のことは昨日話してしまったよ」

武は質問を変えてみる。

「それじゃあ、箕輪スズの生まれた場所とか、育った町とか」

武は箕輪スズを徹底的に調べるつもりだった。それが親指さがしの奇妙な体験の謎、そして由美の失踪にも繋《つな》がると考えていた。

山田は眉間《みけん》に皺を寄せ、何かを迷っているようだった。

「生まれた場所は知らんが、育った場所なら知っている。昨日言ったろう。あの子は神奈川の方からこちらへ来ていたと」

「ええ、それは。詳しい場所とかはご存じありませんか？」

意外にも、山田は思い出すような仕草もみせず、あっさりと言った。

「鎌倉だよ。鎌倉の木幡町。当時、たまたまわしの親戚が鎌倉の木幡町に住んでいてな。それを聞いた時はびっくりしたよ。それで、その親戚の子供が小学校にあがりたてでな、もしかしたらと思って、どこの小学校なんだい？　ってあの子に訊いたことがある」

「そうしたら？」

山田は笑みを浮かべて言った。

「さすがにそこまで偶然は続かなかった。でもあの時、あの子は確かに鎌倉市立下和田小学校だと明るく言った。もう三十年も前の話なのに、不思議とあの子との会話は憶えている。一つひとつはっきりと。細かいところまで全てな」

「山田さんにとって相当、印象深い子だったんでしょうね」

山田は視線を落として、頷いた。

「確かに……でも本当に不思議な子だったよ。厄の子。可哀相な子だった。突然父親を亡くし、自分までもが殺された。死んでも死にきれんだろうなあ。だからあの別荘では変な現象が起こる。住んでいるんじゃよ今も、スズが」

武は殺されたスズを連想していた。そして昨日、信久に起こった怪現象。

「そうかも、しれません」

武は納得せざるをえなかった。

鎌倉の木幡町に行こうと武は心に決めていた。その前にもう一つだけ山田に確認しておきたいことがあった。

「最後にもう一つだけいいですか？」

山田は武の顔を見る。

武はショルダーバッグの中から封筒を取り出し、その中から由美の写真を抜き出した。

「昨日、七、八年前にあの屋敷へ向かっていく少女を見たと言っていましたよね？」

「ああ、確かに言ったが」

武は写真を山田に見せた。

「この女の子じゃないですよね？」

眉間に皺を寄せ、山田は写真を見据える。

「どうじゃろうな。この子のような気もするし、違うような気もする。あの時はほとんど後ろ姿しか見ておらんかったからなあ。分からんよ」

武は小さくため息をついた。

「そうですか、ありがとうございます」

武は山田から写真を受け取る。

「その子を捜しているのか？」

武は迷ったが正直に答えた。

「ええ」

「ということは、スズとその子に何か関係があると？」

武は苦笑いを浮かべた。

「分かりません」

武は山田に別れを告げて、そのまま鎌倉の木幡町に向かった。

7

武は木幡町まで来ると一旦車を停め、箕輪スズが通っていた下和田小学校までの道を、通りすがりの人に尋ねた。一方通行の道が多く、大回りしながらやっとの思いで下和田小学校に到着した。

春休みにもかかわらず、校門は開いていた。グラウンドで小学生のサッカーチームが練習をしている。がっちりとした体格のコーチが指導しているのが見えた。

武は校門前に車を停めてグラウンドに入っていった。

サッカーチームの子供たちが無邪気にボールを蹴り合っている。違う場所ではコーンを何本か立てて、ドリブルで器用にかわしていく。武は子供たちのサッカーを見ながらも別のことを考えていた。こうして箕輪スズが通っていた小学校に来ても何の意味もないのではないかと。だが、ここに来たのは無駄足ではなかった。

「結構古いな……」

校舎全体を見渡し、武は独り言を呟いた。

武の母校、西田小学校に比べると相当古い校舎だった。

「帰るか……」

それしか選択肢はなかったので、正門に向かって歩こうとすると、校舎の中から男性が一人出てきた。見た目では四十代前半であろうか。髪がもう薄くなっていて、それだけで情けない印象を受けた。正門に向かう武とすれ違った。

「どうかしたのかい？」

声をかけられて、武は振り向いた。

「え？」

不意に声をかけられたので、武は返事に困ってしまった。

「さっきから校舎の辺りをキョロキョロしていたから、どうしたのかと思ってね」

「あなたは？」

「ここの教師だよ。今日は残っていた仕事があったからね」

「そうですか」

「それで？　何か用があったんだろ？」

「実は、僕が調べている人の母校がここだって聞いたものですから。ちょっと来てみただけです」

「そうかい。でも、この学校から有名人や芸能人は出てないと思うけど」

「別に有名人や芸能人じゃないですよ。一人の生徒です。でも、もう三十年も前の生徒ですから」

するとと男性教師は閃《ひらめ》いたような顔をしてこう言った。

「三十年前ねえ。ひょっとすると、大森先生だったら知っているかもしれないねえ。大森先生はこの学校の生徒だったらしいから」

「大森先生……ですか?」

「ああ。今、職員室にいらっしゃると思うけど」

「本当ですか? もしよろしければ、会わせていただきたいのですが……」

武がそうお願いすると、彼は快く了解してくれた。

「それなら、職員室まで案内しよう。さあ、こっちだよ」

武はありがとうございますと礼を言って、後に続いた。校舎の中に入ると、廊下には誰もいなかった。男性教師が職員室の扉を開き、中に向かって大森先生と声をかけた。

仕事をしている一人の女性教師が振り向いた。四十代前半と思われる、おばさんくさいパーマをかけた女性だった。

「お客さんです。大森先生に尋ねたいことがあるそうで」

大森は自分を指さす。

「私に？」

「さあ中へ入って」

男性教師に促され、武は職員室の中に入った。

「どうも。初めまして」

大森は怪訝そうな表情をして、頭を下げる。

「どうも……」

「それじゃあ大森先生。後はお願いします。何でも、三十年前のこの学校の卒業生について、知りたいことがあるようなので」

そう言って、男性教師はさっさと姿を消してしまった。

「困ったわねえ。まあこちらへどうぞ」

「失礼します」

「ここへかけて。ちょっと待っててね。今、お茶をいれるから」

そう言って、大森が立ち上がってしばらくすると、急須から湯呑みにお茶を注ぐ音が聞こえ始めた。

「あなたとは初めてのはずよね？　ここの生徒さん？」

武は首を横に振って、それを否定した。

「いえ違います」

「そう。じゃあお名前は？」

大森が背を向けたまま尋ねてきた。

「沢です。沢武です」

「沢君ね。私は大森秋子っていうの。よろしくね」

お茶をいれ終えた大森が、湯呑みを手にしながらこちらに戻ってくる。武は大森から湯呑みを受け取った。

「どうも。いただきます」

湯呑みに口をつけた武は、熱いと言って、茶碗から唇を離した。

「それであなたは今、大学生？」

「ええ。今年で二十歳になります」

「あらそう。それじゃあ私とちょうど二十歳離れているということね。若いってのはいいわね」

「え、ええ。まあ」

「それで？　私に何か訊きたいことがあるみたいだけど、何なのかしら」

その質問に、武は姿勢を正し、咳払いを一つして、口を開いた。

「三十年ほど前に、大森先生がここの生徒さんだったと聞いたものですから」

「ええ。自分でも驚いているわ。自分の母校の教師になるなんてね」

この女性教師の出現で、箕輪スズの何かが分かるかもしれないと、武は思った。

「実は、今僕が調べている人の母校がここだって聞いたものですから、来てみたんです」

「そうなの。それで？　その生徒の名前は？　分からないと思うけど、一応聞いておくわ」

「箕輪スズという生徒なんです。三十年ほど前にここの生徒だったらしいんです。もう死んでしまったんですけど……というか、殺されて」

なぜか、箕輪スズと言った瞬間に大森の表情が固まってしまった。

「今、箕輪スズって言った？　あなた、彼女とどんな関係なの？」

神妙な顔つきで大森は訊いてきた。

「ご存じなんですか？」

大森は深く頷いた。

「知っているも何も、彼女とは同級生よ」

それには武も心底驚いた。詳しく聞かせて下さいと大森に頼むと、分かったわ、という返事が返ってきた。なぜか、箕輪スズが途切れようとしない。まるでスズがそうさせているかのようだった。

大森はお茶を口に含み、デスクに置いた。

「それで、あなたはどうして彼女のことを調べているの？」

武はどう答えようかと迷っていた。親指さがしのことを話すつもりはなかった。

「そう訊かれると、ちょっと困るんですが……」

大森は困ったように一つ息を吐く。

「そう。何やら訳ありのようね」

「ええ。かなり」

「でも私には不思議でしょうがないの。どうしてあなたと彼女に接点があるのかって。年だって相当離れているし……殺されていなければ」

殺されていなければという言葉に、武は押し黙る。

「びっくりしたわ。彼女が殺されたって話を聞いて。酷《むご》い殺され方だったのよね」

だんだんと空気が重くなってきた。

「それじゃあ訊き方を変えるわ。彼女の何を知りたいの？」

武は山田に答えた時と同じように言った。

「過去です」

大森はしばらく考えてから、呟いた。

「過去ねえ」

「どんな女の子だったんですか？　例えば、学校生活はどうでしたか？」

その質問に大森は静かに口を開いた。

「成績は優秀だったわ。授業で先生からあてられても彼女は難なく答えを解いていたし、見た目だって普通の女の子よ。いつだったか、私にはお母さんがいないんだって平然と話していたのを憶えているわ。だからお父さんと二人で暮らしているんだってね。家庭状況は別として、本当に普通の女の子に見えた。でも彼女は明らかに普通ではなかったわ。時には変なことも口にしていたの。私は時々、夢で現実を見るとか、私には人とは違う力がある、とかいったことをね。そんな彼女には友達が一人もいなかった。誰も近寄ろうとはしなかった。それはあの出来事から」

「あの出来事？」

「あんなことがなければ、彼女を普通の女の子として見られたはずだわ」

少し身を乗り出して、武は大森に訊いた。

「どんな出来事があったんです？」

大森は俯き加減で語り始めた。

「あの子ね、いじめられていた時期があったの。それはほんの短い間よ。どこにでもあるような小さないじめ」

「いじめの理由は？」

「虫かごよ」

「虫かご？」

武が復唱すると、大森は頷いた。

「確か私が同じクラスの時だったから、小学校三年生の時かしら。なぜか、夏でもないのに虫かごをぶらさげている時期があってね。それも中には何も入っていないのよ。だから一度だけ私が訊いたの。その虫かごはどうしたの？ って。そうしたら彼女はこう言ったの」

武は無意識のうちに拳を握りしめ、大森の話に聞き入っていた。

「お父さんに買ってもらったってね」

確か、山田もそう言っていた。

「あの時、ものすごく嬉しそうにそう言ったのを今でも憶えているわ。でもね」

「でも？」

「同じクラスにいた三人の男子があの子をからかったのよ。その虫かごは何だ。何も入っていないじゃないか。お前、頭がおかしいんじゃないかってね」

小学校低学年ならそうやってからかう男子がいてもおかしくない。だが、この時点ですでに武はその三人が心配になった。

「そのいじめがしばらく続いたの。でもある日、教室で恐ろしいことが起こったの」

「何ですか？」

「昼休みでね。たまたま私がトイレに行って教室に帰ってくると、三人の男子の両目から血が大量に垂れていたのよ」

「目から血が？　それも三人とも？」

「ええ。三人は興奮状態に陥って半狂乱になってしまっていた。その前に立っていたのがあの子だった。みんなが驚いて騒いでいるのに、あの子だけは平然とその様子を見据えていたわ。何も感じていないような静かな目だった。虫かごを抱えてね」

武はその時の光景を想像してみた。しかしそれはあまりに恐ろしいものだったので、慌てて打ち消した。

「それでね、どうしたの？　って訊こうとして私があの子に近づくと、あの子はボソボソと小さな声で呟いていたの」

「何て、呟いていたんです？」

「三人が血を垂らしながら半狂乱になっている姿を見据えながらね、呪ってやる、呪ってやる、呪ってやるって、何度も何度もそう繰り返していたの」

「呪ってやる……と」

「とうとうその三人は光を失ってしまったわ。でも一部始終を見ていた子の話を聞くとね、あの子は何もしなかったらしいの。逆にいじめられていて、突然あの子が三人のことを睨みだした。ただそれだけだって」

「当然、彼女を責める者はいなかった？」

「ええ。でもそのかわり、あの子の周りには誰もいなくなった。怖くて近づけなかったんでしょう。私もその一人だったけどね。それから五年生、六年生と進んで、小学校を卒業した。私と彼女は中学が別々になっちゃったから、その後の彼女のことは分からないけど、彼女の周りには誰も近づかなかったんじゃないかしら。その時のことを知っている生徒だって何人もいたからね。噂はすぐに広がってしまうわ。でもあの時、直接その三人に手を加えたのが彼女ではなくとも、彼女の恐ろしい力がそうさせたんだわ。超能力っていうのかしら、あの子は人にはない違う力を持っていた。それがあの時はっきりと分かったの、小学生だった私にも。あの子は普通の人間じゃなかった。もしかしたら、人を呪い殺すこともできたのかもしれない。大げさかもしれないけどね」

大森の言ったことが大げさとは思えなかった。箕輪スズを殺した犯人があの屋敷の近くで死んでいたのだ。原因不明の死。自分を殺した人間を呪い殺すことくらい、スズにはできる。人の体にとり憑くことも。もしかしたらスズは、人の魂までも呼び寄せることができるのかもしれない。

話を聞き終えた頃には、湯呑みに入っていた武のお茶は冷たくなっていた。二人は一緒に職員室を出て、職員用の玄関前で最後の会話を交わした。

「今日はどうもありがとうございました」

「いいえ。まさかこんな偶然があるとはね。私も彼女の名前が出てきた時には本当にビックリしたけど」

「僕もビックリしましたよ。まさか同級生がいるなんて」

二人の間に、ちょっとした沈黙が訪れる。

「それじゃあ、帰ります」

「自宅はどちらなの？」

「東京です。東京の江東区」

「あら。結構遠いのね」

「でも、車ですから、楽ですよ」

「そう。それじゃあ気をつけて」

「さようなら」

大森に背を向けると、すぐに呼び止められた。

「ちょっと待って」

「何ですか？」

「やっぱり気になるわ。あなた、彼女と一体どんな関係だったの？」

そして大森はこう言った。

「まさか……親子じゃないわよね？」

大森にしてみれば、確かに考えられなくもないのだろう。武は笑みを浮かべて首を振った。

「まさか、違いますよ」

安心するように大森は穏やかに言った。

「そうよね。まさかよね」

「それじゃあ、さようなら」

「さようなら」

武は改めて大森に背を向けた。

8

学校を出た時はまだ明るかったのに、もうすっかり陽も落ちてしまった。

運転中、武はスズのことばかりを考えていた。

誰もがスズは恐ろしい女だと言った。普通の子供ではなかったと。確かに今までの話を聞くと普通の人間ではなさそうだ。周りはそんなスズと関係を持とうとはしなかった。友達など誰一人としていない。独りぼっちの寂しい少女は、友達が欲しかったはずだ。誰かと一緒に遊びたかったに違いない。父は唯一スズを愛してくれた人だ。スズにとって父親は、自分の命よりも大切な人だったのかもしれない。だから父親を事故で失った時のショックは相当なものだったろう。スズは本当に独りぼっちになってしまったのだ。一人になった時、父親と過ごした思い出を懐かしみながらスズは別荘へ行ったのだろう。だがその行動がスズ自身に不幸をもたらしてしまった。

考えてみると、スズの人生は最後まで報われなかった。周りの人はスズのことを恐ろしい子供、恐ろしい人間だと言った。本当は可哀相な人間だったにもかかわらず、人に受け入れられない悲しみを抱え、自分を殺した人間を恨み、憎み、一人で死んだのだ。泣いてくれる人間は誰一人としていなかった。孤独のうちに幕を閉じた悲しい人生だったのだ。

車はスムーズに進んで江東区内に入った。バックミラーを確認したが、後方にも車は走っていなかった。

もうスズの過去を調べることはないだろうと思った。智彦に危険だからと言われたから関わりを絶つわけではない。あるとすればスズへの同情であり、もう、そっとしておいてやろうと思ったのだ。そして七年前のことも探るのはやめよう。今日を境に頭の中からスズを消そう。同時に、由美の失踪に関して自分はもう無理をする必要はないと武は思った。これだけ調べても結局、由美について何が分かるわけでもなかった。正直に言えば、由美が今でも生きているとは思わない。ただ、これまでは由美を忘れるという行為そのものが許せなかったのだ。だからこそ今になって七年前の事件に足を踏み入れた。そうすることで自分は由美のことを忘れてはいないのだと、本当はそう思いたかっただけなのだ。けれど、どうして由美が消えたのか、なぜ肩を叩かれた時に後ろを振り返ってしまったのかなど、分かるはずもなかった。自分は考えすぎていたのだろうか？　由美が消えてしまったのは親指さがしとは全く関係なかったのかもしれない。由美を忘れるのではなく、心の奥、記憶の中にしまっておくのだ。忘れるべきものは由美ではなく、親指さがしだ。七年前の行為そのものだった。これでようやく、本当に七年前のことを封印できる。ついに終わらせることができると、ひと区切りついたような感じだった。

だが……。

終わりではなかった。

始まりだったのだ。

ハンドルを握りながら武は大きく息を吐いた。先ほどの考えで武は楽になれたのだ。由美の分まで一日一日を大事に生きよう。それでいいんだと自分に言い聞かせるように呟いた。しかし、なぜだろう。後ろの席に気配を感じていた。咄嗟にバックミラーを確認すると、白いワンピースを着た髪の長い女が静かに俯いていた。

あまりの衝撃に言葉を失い、悪寒《おかん》が一気に全身を覆った。武はバックミラーから目が離せなかった。

「あ……あ……」

「あ……あ……」

いる。女が座っている。錯覚ではない。動悸が激しくなり、胸が圧迫されるようだった。

女がそっと顔を上げた。武は女と目が合い、叫び声をあげそうになった。

そして、前方に目を向けた時にはもう遅かった。電柱が目前に迫っていた。武は慌ててブレーキを踏みハンドルを切る。タイヤが鳴いた。

目の前の電柱を避けることは、できなかった……。

親指狩り

1

近所の本屋で、今までアルバイトをしていた信久が外に出る頃には、あたりはすっかり暗くなっていた。今日もずいぶんと遅くなってしまった。お腹も空いているので、寄り道せずにまっすぐ家に帰ろうと決めていた。

アルバイトをしている本屋から自宅まで徒歩十五分。自転車は使わず信久は歩いて本屋に通っていた。その間に色々な考え事をすることができる。

無論、今は昨日のことしか考えられなかった。

あの屋敷の中に入り、それぞれの部屋に向かった。そして七年前、親指を探した部屋が目の前に広がったところまでは憶えている。だがそれからの記憶がない。まるで誰かに脳や体を支配されていたかのように、気がつくと武たちが自分を覗き込んでいた。しかも近くには錆びついた大きな鎌が落ちていた。それから武たちの様子が妙におかしかった。その時は体が怠かったのであまり気にとめなかったが、時間が経って改めて考えてみると、気になって仕方がない。記憶が途切れていた間、自分は何をしていたのだろう。そう考えるとものすごく怖かった。とにかく、もう七年前のことには関わりを持ちたくないと信久は強く思っていた。

裏通りへ入ると、車の音が遠ざかり、辺りが暗くなる。道には誰一人歩いてはいなかった。

突然、携帯が鳴りだし、その音が信久を驚かせた。

「びっくりさせるなよ」

液晶画面には、自宅と表示されていた。

「もしもし？」

「もしもし？　信久？」

母の声だ。

「何だよ」

「もうバイト終わったの？」

「ああ、終わったよ。それがどうしたんだよ」

「ご飯、家で食べるでしょ？　もう作っちゃったわよ？」

「食べるよ。もうあと五、六分で家に着くから、そんなことで電話してくんなよ。じゃあな」

信久は鬱陶しくなってすぐに電話を切った。

「全く、そんなことで電話すんなっつーの」

ぼやきながら携帯をポケットにしまって顔を上げると、暗闇の先に女がポツンと立っているのが見えた。妙に髪が長いのが印象的で、気味が悪いなと思いながら、目を合わせないように信久は歩く。

すると、すれ違いざまに、声をかけられた。

「吉田君」

信久は敏感に反応して女を振り返った。なぜ、自分の名前を知っているのかなど、考える間もなかった。

「吉田君だよね？」

暗闇の中から明るい声がする。

「誰？」

信久が訊き返すと、女の顔が近づいてきた。もう目の前に立っている。

「憶えてないの？　私だよ」

明るい口調でそう言いながら女は満面の笑みをみせた。しかしそれとは逆に、信久はあまりの恐怖に体がピクリとも動かなくなっていた。ありえない。どうして。見覚えのある当時の面影。

「お前……まさか」

震えながら言葉を洩らす。

笑みを浮かべたまま、女は右手を振り上げた。手には大きな鎌が握られていた。

「コノシチネンカンヲマチワビタ　オヤユビサガシニキタダロウ　オマエモワタシトオナジヨウニシテヤル」

女とは思えないほど低い声。信久は全く抵抗ができなかった。

「シネ」

と女は言い、振り上げていた大きな鎌を振り下ろした。

2

ぼやけた視界がだんだんとはっきりし始めた。

ここはどこだろう。武は疑問を抱きながら体を動かそうとしたが、体が動かない。どうあがいてもビクともしない。

これが金縛りなのだろうか。

じっとしていれば自然と体は動くようになると聞いたことがある。体が動かないその間、ここがどこなのかと目だけを動かしてみた。

殺風景な部屋の白い壁には赤いバラの絵が掛かっている。

どうやら病室のようだ。それにしてもどうして病院にいるのだろう。必死に思い出そうとすると、頭に鋭い痛みが走った。そうか。あの時、事故を起こしたのだ。突然頭の中で強い光とともにフラッシュバックが起こった。バックミラーに映る女の顔を、思い出しただけでもゾッとする。武は頭の中の女の顔を振り払った。

体はまだ動かない。

諦めて武は静かに目を閉じた。すると、病室の扉がカチャッと開いた。母だったら何か飲み物でも頼もうと思って、目を開けたのだが、一瞬にして全身が凍りついた。ワンピースを着た髪の長い女が、大きな鎌を持って立っていたのだ。バックミラーに映っていた女。天界村でスズの別荘に歩いていった時、突然、煙のように消えた女だった。

女は静かに静かに歩み寄ってくる。武は言うことをきかない体を無理にでも動かそうとしたが、依然、ビクともしない。声も出ない。武が焦って顔を上げると、すでに女は目の前に立ちはだかり、鎌を武の頭上に振り上げていた。

やめろ！

武は心の中で叫んだ。しかし、女は左手で武の左手をつかみ、親指に鎌を静かにあてたのだ。切る気か、俺の親指を。

頼むからやめてくれ！　それだけはお願いだから！

鎌をあてられた親指を横目で見ながら武は必死に懇願した。だが女はゆっくりと鎌で切り落とし始めた。まるでノコギリを使って板を挽《ひ》くかのように。

激痛が走り、頭の中が真っ白になった。もうやめてくれ！　眩暈がする。俺の、俺の親指が切れる。切れそうだ、切れる切れる切れる。

武は飛び上がるようにしてベッドから起き上がった。全身が汗まみれで気持ち悪かった。

違和感を感じ、頭に手をやると、包帯が巻かれている。

「よかった。目が覚めて」

知恵と智彦が目の前に立っていた。

「夢か……」

安堵の息を洩らし、武は周りを見渡す。頭の痛みに思わず顔を顰めた。

病院の個室。

やはり自分は事故を起こしたのだ。

「二人とも、どうして？」

見舞いに来てくれたことは分かっていたが、二人の表情が暗いことが気になった。

何かあったのだろうか。一瞬、嫌な予感が脳裏をよぎった。

「母さんは」

「今、下に」

重い口調で知恵が言う。

「それより……武」

なおも沈みがちな口調で知恵が続けた。

「どうした？　何かあったのか？」

すると突然病室の扉が開き、背広を着た二人の男性が部屋に入ってきた。二人とも三十五歳前後だろうか。

一人は背が高く、髪の毛を真ん中で分けている。背広をきっちりと着こなし、ネクタイだって少しもずれていない。見るからに、頭の固そうな人間だった。

その後ろに立つもう一人の男は、短髪で髪を立てている。最初の男とは対照的で、背は低く、背広のボタンが全開で、少しだらしない感じがあった。

それにしても、この男たちは一体。

医者とも思えないこの二人に武は疑問を抱いていた。

「誰？」

武は少し小さな声で知恵と智彦に尋ねた。すると背の高い男の方が先に口を開いた。

「秋葉です。秋葉憲弘です」

秋葉は軽く頭を下げる。武は戸惑いながら、

「どうも」

と頭を下げた。

もう一人は上野直人と名乗った。

「あの、失礼ですが……どちらさまですか？」

武が訊くと、秋葉は胸のポケットから警察手帳を取り出した。

「私、こういう者なんですが」

「どうして……刑事さんがここに？　何か事件でも」

そう言って武は知恵と智彦を見る。二人とも表情を曇らせ、俯いていた。

「実はですね」

武は秋葉に視線を戻す。

「吉田信久さんが、昨夜何者かに殺されましてね。今朝から捜査にあたっているんですが……」

「え？」

武は声をあげた。

「どういうことですか？」

すでに言葉が震えていた。

「言ったとおりです。昨夜、吉田信久さんが何者かに殺されましてね。それも言いにくいのですが、体をあちらこちら解体されておりまして」

武は息を呑んだ。

「バラバラにされたということですか？」

秋葉は小さく頷いた。

「まあ、そういうことです」

「そんな……どうして」

「それともう一つ」

「何ですか」

「ちょっと妙なことが起こりましてね」

「だから何です」

冷静でいられなかった武は、半分怒鳴っていた。

「体をバラバラにされてはいたんですが……実は左手の親指だけが、いまだに見つからない状態でして」

それを聞いた時、武は一瞬、眩暈を起こした。あまりの重圧に吐きそうになる。左手の親指が、ない。そんな馬鹿な。

「どうかしましたか?」

武は口を開くことができなかった。口の中がカラカラに渇ききっていた。

「い、いえ……何でもありません」

やっとの思いでそれだけ言ったが、知恵や智彦に視線を合わせることすらできなかった。

「それでですね、色々と訊きたいことがあるのですが」

「何でしょうか」

武は俯きながら、秋葉の言葉を待った。

「一昨日、吉田さんとあなたがた三人は会われていたとか」

「ええ、そうですが。どうしてそれを?」

「吉田さんの母親がそう言っていたものですから。何でも小学校時代からの仲だったそうですね?」

「ええ」

「それで、五十嵐さんに聞いたのですが、一昨日、皆さんで山梨方面までドライブに行ったとか？　それに間違いはありませんか？」

武は咄嗟に智彦と目を合わせた。

「え、ええ。まあ」

智彦は全てを話してはいないのだろう。武もそれに合わせることにした。秋葉はそうですかと頷き、質問を続けた。

「その時に吉田さん、何か言っていませんでしたか？」

「というと？」

「例えば、事件に関係する何かを口にしていたとか。最近、何らかのトラブルに巻き込まれているとか」

「いえ……何も」

そこで秋葉はため息をついた。

「そうですか。いやね、誰に訊いても、過去にもめ事があったとか、近頃、トラブルがあったとか、そういう話が一つもないものですから、こちらも犯人の特定ができずにちょっと困っているんですよ」

「ということは、犯人はまだ捕まっていないんですか？」

「ええ、捕まってはいません。目撃者も今のところはゼロです。吉田さん自身に何か問題があったってわけでもないようですし、個人的には精神異常者の通り魔的犯行かと睨んではいるんですが」

秋葉の言葉は、ほとんど頭に入っていなかった。もう、親指さがしのことしか頭にはなかった。そして片隅には箕輪スズ。

それじゃあ、私どもはこれから捜査に戻りますのでと言って、秋葉と上野は病室から出ていった。扉が閉まるまで武は秋葉と上野の後ろ姿を見守り、扉が完全に閉まったところでドッと大きく息を吐いた。この数分間でどれほど窶れ果ててしまったことか。包帯が巻かれている額に手をあてると、包帯が汗でグッショリと濡《ぬ》れていた。これも夢だと思いたかった。

「ねえ、智彦」

知恵が智彦に声をかける。

「どうして本当のことを全部喋らなかったのよ」

「七年前のことから全てを話したところで、誰がそんな話を信じるんだよ」

確かにそうだった。今では封印してしまったあの儀式、親指さがし……。

『絶対に振り向いちゃだめなんだって』

誰がそんな話を信じる？　信じるわけがない。

「それにしても、どういうことよ……信久が殺されるなんて。これじゃあ親指さがしの話とまるで一緒じゃない」

「なあ、武」

智彦が怯えているのが口調で分かった。

「関係ねえよな？　一昨日のことはよ。関係ねえよな？　七年前のこともよ。ただの偶然だよな？　偶然に決まっているよな？」

頼むから関係ないと言ってくれといわんばかりの口調だった。だが武は智彦を安心させてやることができなかった。

「ぐ、偶然よ。偶然に決まっているじゃない！　私たちが親指さがしをやって遊んだことを知っているのは誰もいないんだよ？　だから信久が同じように殺されるわけないいじゃない。偶然よ。偶然に決まっているわよ」

知恵は混乱状態に陥っていた。

「ああ、そうさ」

武は優しく知恵に言った。武だって、できることなら偶然だと信じたかった。けれど果たして本当に偶然なのか。信久が殺され、バラバラにされていた。そこまではただの偶然とも考えられる。だが、親指がないのだ。左手の親指が。

どう考えても七年前の出来事と繋がっているとしか思えなかった。

一体、信久は誰に殺されたのだろうか？

スズ？

いや、それはありえない。スズはもう死んでいる。だとしたら誰が。

重い沈黙の中、病室の扉が開く音がした。今度は誰だろうと思い武が顔を上げると、入ってきたのは母だった。

「刑事さんから、目を覚ましたって聞いたものだから。もう大丈夫なの？」

「ああ」

「そう」

母も当然信久の話を聞いているのだろう。それ以上は何も言うべき言葉が見つからないようだった。

「それじゃあ、僕たちはこれで」

智彦が母に言った。

「そう。今日はわざわざお見舞いに来てくれてありがとう」

母も引き留めはしなかった。

「いえ、とんでもないです」

智彦は笑顔すらつくれない様子だった。

「それじゃあ」

智彦と知恵は病室から出ていった。出ていく際に武と智彦は目を合わせた。知恵が病室から出ていき、武と母だけが残された。

「聞いたわ。吉田君のこと。お気の毒に……ねえ」

武は何も言えなかった。

「何度か、家にも遊びに来たことがあったわよね」

「うん」

「一昨日、一緒にいたんですって？」

「その話はもうよしてくれ」

たっぷりと間をおき、母が言った。

「そうね。ごめんなさい」

その場の雰囲気を変えるように母が言った。

「お母さん、果物でも買ってくるわ」

そう言って母は病室から出ていった。誰もいなくなった病室で、武はベッドから起き上がり、窓の外を眺めた。忘れようとしていた矢先に、信久が殺された。知恵が言っていたように、これではまるで親指さがしの話が再現されているようだった。

午後には精密検査を受けた。大きな怪我は一つもなかったが、頭を強く打っているために、精密検査が必要だった。絶対安静と医者に言われ、武はこのまま入院することになった。

多少落ち着くと、今度は交通課の警官が病室までやってきた。事故のことを細かく訊かれ、武はその時の状況を詳しく伝えた。途中で事故現場の写真を見せられたが、車は電柱にぶつかり大破してしまっている。ガラスの破片がバラバラと散らばっている光景を目《ま》の当たりにして、武はゾッとした。

「突然頭がボーッとしてしまって。気がついたら電柱に。寝不足だったのかもしれません」

警官には嘘をつかざるをえなかった。警官は武の言葉どおりにメモしていく。

「いやあ、これだけの事故で、大きな怪我が一つもないとは本当に運がいい！　それに人身事故じゃなくて本当によかった。もし人身事故だったら大変なことになっていましたよ」

果たして自分は本当に運が良かったといえるのだろうか？

「それじゃあ、どうぞお大事に」

長い聞き取り調査がようやく済んだようだった。警官はそう言い残して病室から出ていくと、病室には静けさが戻った。棚には母が買ってきたリンゴが三つ置いてある。リンゴを買って戻ってきた母は再び病室を後にしていた。

この日、母が病室に戻ってこなかったことを考えると、母なりに気を遣っているのだろう。

3

『次のニュースです』

ニュースキャスターの声に、智彦はテレビ画面に目を向けた。

『昨夜、江東区に住む大学生、吉田信久さんが何者かにより殺害されるという事件が起きました。警察の調べによると、吉田さんは腹部や胸部を何度も刃物のような物で刺されており、発見された時には出血多量によりすでに死亡していました。その後、犯人の手によって吉田さんの体はバラバラに解体されていました。バラバラになった体は捜査員によって集められましたが、左手の親指だけがいまだに発見されていないとのことです。親指について捜査本部は犯人の仕業だとみており、このことから捜査本部では、犯人は精神異常者の可能性が高いとみて捜査を続けております』

智彦はテレビを消した。そして、深いため息をつき、どうして、と苦しそうに言葉を洩らした。

武の病室を出た後、しきりに知恵が問いかけてきた。

「あのことは……関係ないよね」

あの様子からすると、知恵も相当怯えているのだろう。智彦は頷くだけで精一杯だった。誰とも話をする気分になれず、智彦は帰宅後、そのまま自分の部屋に行き、気がつけばすでに夜を迎えていた。そして今のニュースが、智彦に追い討ちをかけた。

あのことは関係ない。絶対に関係ない。ただの偶然に決まっている。智彦は胸の内でそればかりを繰り返した。そして早く犯人が捕まってほしいと願った。そうでなければ安心することができなかった。もしあのことと本当に関係があるのなら。

『次は自分』

その考えを必死に打ち消した。そんなことはありえないと自らに言い聞かせ続けていた。そうしないと身も心も壊れてしまいそうだった。

友人の死。それは親指さがしと何の関係もないのだと必死に否定する。何か別のことを考えたかった。ごくありふれた日常生活に自分を引き戻したかった。

「そうだ……忘れてた。返さないと……」

智彦は時計に目をやった。こんなことになる前に借りていた二本のビデオの返却期限が昨日までなので、延滞料金を払わなくてはならない。閉店までにはまだ間に合うと、智彦はレンタルビデオ店に行こうと立ち上がった。

ふと、信久のことが脳裏をよぎり、外へ出るのをためらった。

関係ない。あれは偶然だと無理矢理にでも思い込んで、それを証明したかった。智彦はビデオが入っている店の袋を手に部屋を出た。物音を聞きつけた母が寝間着姿で声をかけてきた。

「あら？　どうしたの？　こんな時間に。どこに行くの？」

普段、母はこんなことは言わないはずだ。はっきりとは言わないが、信久のことで心配になっているのだろう。

「ちょっとビデオ返してくる。延滞料金払わないといけないから」

「別に今日じゃなくてもいいでしょ？　こんな遅くに行くことないじゃない」

「大丈夫だよ。すぐに帰ってくるから」

「本当にすぐに帰ってきなさいよ」

母はまだ心配している様子だったが、気を遣っているのか、信久のことは口にしない。

「分かった。ちょっと行ってくる」

智彦は気丈なふうを装って、夜道を一人で歩き始めた。

ひと気のない住宅街を抜け、交通量の多い表通りに出ると、レンタルビデオ店まではすぐだった。

「いらっしゃいませ！」

店員の威勢のよい声が、店内に響く。その声に反応し、他の店員がいらっしゃいませと続けた。

時間が時間なので客は少ない。今時の格好をした男女のカップルと、日々の仕事に疲れていそうなＯＬ風の女性が一人いるだけだった。これから家に帰り、借りたビデオで自分とヒロインを重ねて観るのだろう。そしてビデオが終わった後に気がつくのだ。理想と現実の違い。つまらない人生。

　智彦はすぐに返却カウンターに向かった。

「お預かりします」

　接客用の高いトーンで女性店員は袋を受け取り、中身を調べている。手際よい作業だった。

「えーとですね。一日分の延滞料金が二本ですので、合計で六百二十円いただきます」

　智彦は財布から千円札を抜いた。

「千円からでよろしいですか？」

　はい、と智彦はほんの小さく言葉を返す。

「三百八十円のお返しです。ありがとうございました」

　いつもなら返却後は新作コーナーに立ち寄るのだが、今日の智彦はわき目もふらずに外へ出た。とてもそんな気分にはなれなかった。

　自動ドアが閉まると、店内に聞こえていた洋楽が途切れた。入れ替わるようにして今度は車の騒音一色となった。

　いつもと雰囲気が違うと感じたのは住宅街を歩いている時だった。異様なほどの静けさ。何かが違う。

「気のせいだ」

智彦がそう自分に言い聞かせた途端、クスクスクスと女の子のような笑い声がどこからともなく聞こえてきた。気のせいかと思ったのだが、いつまでも笑い声はやまない。たまらず智彦はその場で足を止め、耳を澄ましてみる。暗闇から笑い声が近づいてくる。だんだんと近づいてくる。

智彦はキョロキョロと辺りを見回したが、何も見えない。

笑い声はますます近づいてくる。

呼吸が乱れ、パニックに陥りそうだった。寒くもないのに、全身がブルブルと震えていた。

智彦は前方に目を凝らした。

いる。

誰かがいる。そしてクスクスと笑いながら近づいてくる。後ずさりながらよく見ると、近づいてくるのは女だった。髪の長い女が右手に何かを持っている。それが鎌だと気がついた時にはすでに遅かった。女はもう目の前に立っており、先ほどまでの笑い声は、もう消えていた。

声を失った智彦は女に目をやりながらさらに後ずさる。一歩。二歩。女も一歩二歩と近づいてくる。信久はこの女に殺されたのだ。智彦はそう確信した。このままでは自分も殺されてしまう。

智彦は叫んで助けを呼びたかった。

だがこの女の顔。

知らない顔ではない。

恐怖に陥りながらもそれが気になっている。無意識のうちに智彦は声に出していた。

「お前……まさか……田所……由美」

すると女は低い声でこう言った。

「私は由美ではない。スズだ」

スズ。それは箕輪スズのことだとすぐに理解できた。しかし、箕輪スズは何年も前に殺されている。現れるはずがない。

その時、別荘での出来事が思い出された。信久が突然襲ってきたあの時、まるで信久は何かにとり憑かれているようだった。

「……まさか」

「お前も七年前の一人だな。今から私と同じようにしてやる」

突然、女は右手に持っていた鎌を振り上げ、一気に振り下ろしてきた。しかし、間一髪のところで智彦は女の右腕を押さえた。鎌の先は智彦の頭上ギリギリの位置で止まっている。必死にくい止めようとするのだが、女の力は信じられないほどに強かった。両手でも押さえきれないほどだ。

「うああああああ！」

狂乱したように女が叫ぶと同時にものすごい力が加わり、鎌は振り下ろされた。智彦は何とかそれをよけたが、かわす瞬間に右腕を切られた。

「うあああ！」

激痛が走り、大量の血が地面に流れた。あまりの痛みに智彦は女の行方を見失い、周りを見回してみたが、どこにもいない。

「頼む。許してくれ。許してくれ」

どこにいるかも分からない女に、智彦は泣きながら必死に詫《わ》びた。だがその声は虚《むな》しく響くだけだった。

「私の痛みがお前に分かるか」

突然、後ろで声がした。振り向こうとした瞬間、鎌は智彦の脳天に突き刺さっていた。

「うううううう」

呻《うめ》き声をあげながら智彦はうつぶせになって倒れた。まだ微かに意識は残っていた。

「た・す・け……て」

今度は後頭部に衝撃が走った。智彦は死ぬ間際に七年前の出来事を思い出した。遊び半分で行った親指さがし。あんなことしなければよかったと今では無性に後悔していた。

そして、夢と現実のあわいで左の親指が切られていくのを最後に感じた。

知恵は誰かに呼び起こされるようにして、ハッと目を覚ました。部屋の時計を確認すると、午前三時を指している。額に右手をあてると、汗で髪の毛がベッタリとはりついているのが分かった。

知恵はベッドからガラスのテーブルに手を伸ばし、ペットボトルに入ったミネラルウォーターを手にとった。

知恵は毎晩寝る前に必ずミネラルウォーターをテーブルに置いておく。それは一年中変わらない。普段は軽く喉を潤す程度で再び眠りにつくのだが、この夜は違った。五百ミリリットルのペットボトルの半分くらい水は入っていただろう。それを一気に飲み干してしまった。本当に嫌な夢だった。

空になったペットボトルをテーブルに戻し、知恵は大きくため息をついた。智彦のことがどうしようもなく心配になった。

信久の死が七年前の出来事と繋がっているかもしれないという不安と恐怖。それを頭から追い出し、ようやく眠りについたと思った矢先の夢。それは智彦が殺される夢だった。

夢の中の映像は随分とはっきりしているので、今でも鮮明に憶えている。智彦が夜道を歩いている姿は、現実を見ているようだった。

色や音はなく、断続的に映像が浮かび上がってきた。夜道を歩く智彦。暗闇の中に立つ一人の女。ワンピース。長い髪。そして女の右手に握られていた鎌。女は智彦に一歩一歩静かに歩み寄っていく。智彦が後ずさる。後ろを振り返って逃げようとはしない。恐怖で動けないのかもしれない。そしてとうとう智彦は鎌で頭を切られて殺されてしまう。智彦を殺した女は倒れた智彦の左手をつかみ、ノコギリで切るようにして智彦の親指を切っていく。

もう、これ以上は思い出したくなかった。智彦が心配でたまらなかったので携帯を手に取った。どうしても不安が拭《ぬぐ》いきれず、声を聞いて安心したかった。

智彦はなかなか出ない。寝ているのだろうか。だが、コールのたびに嫌な予感は増していった。智彦が出るまで知恵は電話を切らないつもりだった。

コールはもう二十回以上続いている。

早く出て!

一度電話を切って、再度かけ直してみたが、それでも智彦は出なかった。夜中だし、バイブレーターに設定しているから気づかないんだと自分を納得させた。

結局、三度かけても智彦は出ず、やむをえず今夜は諦めた。

「寝てるよね……」

知恵は改めて自らにそう言い聞かせ、携帯をテーブルに置いた。そして再び眠りにつこうとしたが、心の中にわだかまっているモヤモヤしたものが消え去ることはなく、結局知恵は朝まで眠れなかった。

4

小鳥の囀《さえず》りが、外から聞こえる。

病院の個室で武は上半身だけを起こし、何を見るともなくボーッとしていた。目の前には病院の朝食が置かれているが、食欲などあるはずもなく、武は一口も口にできなかった。

今日の午後にもう一度検査を受け、異状がなければ退院という話だった。奇跡的に怪我も軽く、頭にも異状はないらしい。

けれど、そんなことで安心している場合ではなかった。

事故を起こす直前に車のバックミラーに映っていたあの女のことや、信久のことが頭の中を駆けめぐっている。

本当に俺は、車の中で女を見たのだろうか？

あれは天界村にいた女に間違いはないのだろうか？

コツコツと病室の扉をノックする音が聞こえた。

「はい」

多少緊張気味なのが自分でも分かる。病室の扉から顔を見せたのは知恵だった。元気がなく、表情にも力がない。

「おう。どうした？」

自分の迷いをふっきるように、わざと明るく声をかけた。

「どう？　具合の方は」

「俺は大丈夫。それより知恵、疲れてるんじゃないか？　ちゃんと眠ったのか？」

知恵の表情を見れば眠っていないのは明らかだった。目の下にもクッキリとクマができている。

「俺もあまり眠れなかったよ。寝たんだか寝てないんだか。ずっと信久のことばかり考えてて」

知恵は、うんと頷くだけで、それ以上は何も喋らない。

「今日は……どうした？　何かあったのか？」

知恵は、ためらいがちにこう言った。

「実はね、夜中に智彦の夢を見たの」

「智彦の？」

知恵は頷く。

「どんな夢なんだ？」

「それが……殺される夢だった。ワンピースを着た髪の長い女に智彦が」

途端に、天界村にいた女、そしてバックミラーに映っていた女の顔が思い出された。

「その女にね、信久と同じように智彦がバラバラに……」

「夢さ」

武は知恵の言葉を遮った。

「分かってる。でも何か嫌な予感がしたの。それでね、昨日から智彦に電話をかけてるんだけど全然出ないのよ。だから心配で心配で」

「寝てたんだろ。バイブにしてたかもしれないし」

「そうなんだけど」

知恵の中でどうしても不安は消え去らないようだった。

「それなら、今電話してみればいいじゃないか」

武がそう言うと、そうだよねと知恵は携帯を取り出した。そして電話をかけるために外へ出ようとした途端、再びノックの音が聞こえてきた。母が来たのだろうと思ったが、姿を見せたのは、一番会いたくない人間、秋葉憲弘と上野直人の二人だった。

「昨日はどうも」

と、そっけなく言いながら秋葉が武に歩み寄る。昨日よりも口調が鋭く、険しく感じられるのは気のせいだろうか。

「今度は、何ですか？　犯人が、捕まったんですか？」

期待をこめて武は秋葉に尋ねた。しかし、秋葉の口から出た言葉は、質問とは全く関係のないものだった。

「今度は五十嵐智彦さんが殺されました」

「え？」

武と知恵が同時に声をあげた。知恵の手から携帯がすべり落ち、床に当たって音を立てた。

「家の近くでバラバラにされた死体が発見されました。厄介なことにまた目撃者がいません。しかも……また」

「親指ですか」

「ええ、そうです」

武と知恵は一瞬だけ目を合わせた。

「もうこうなると、偶然の事件だとは考えられません。殺され方まで同じですからね。殺された吉田信久と五十嵐智彦には何らかの過去、もしくは何か共通点があるとしか思えない」

黙り込んでしまった二人に構わず、秋葉は続けた。

「昨日は何も心当たりがないと言っていましたが、それは本当ですか？　同じくそう言っていた五十嵐智彦まで殺されている。本当は何か知っているんじゃないですか？　もしかしたらあなたがたもこの事件に関わっている。だから何も知らないと言っている。違いますか？」

「僕たちは……本当に何も」

「あなたは？」

秋葉は鋭い口調で知恵に向き直った。

「知りません」

知恵ははっきりとそう言った。

「そうですか」

納得したような返事はするものの、まだ二人を疑っているのが分かった。

「それで、犯人は？」

秋葉は首を横に振った。

「いや、まだ容疑者すら浮上していないのですが……実は、今回の事件と全く同様の事件が十一年前に起きていることが分かりましてね」

「十一年前？」

「ええ。バラバラになった遺体の左手の親指だけがなくなっていた事件があったんです。昨日の時点では捜査本部でもただの偶然だと見ていたんですが、二件も続くとそういうわけにもいきません。もしかしたら、今回の事件と十一年前の事件とは繫がっている可能性だってあるんです」

十一年前。まだ親指さがしという話すらも知らない頃だし、そんな事件は聞いたこともなかった。図書館では十五年前から二十年前の記事しか調べていない。

「繫がっているって、どういうことですか？」

「何もかもが一緒なんですよ。今起きている事件と」

秋葉は続ける。

「まず殺害方法。次に左手の親指だけがなくなっていること。それに、当時殺された四人の被疑者の年齢。四人のうち三人が成人式を迎える年でした。あなたがたもそうだ」

それを聞いた途端、武はまさかと思った。

その四人も過去に親指さがしをしたのだろうか。確か、箕輪スズが殺されたのも二十歳の成人式を迎える年。

「そして何より」

武と秋葉の目が合った。

「その殺された四人の同級生の中に、行方不明者がいたこと」

武の動きがピタリと止まった。

「田所由美さん。調べさせてもらいました。現在も行方不明だそうですね」

「いや、ちょっと待って下さい。確かに彼女は今も行方不明のままです。でもそれと何の関係が」

由美までが疑われたことに対する怒りで、興奮状態になった武に対し、秋葉は淡々と語った。

「犯人だったんです。十一年前にその四人を殺していた犯人が、その行方不明者だったんですよ。しかも女でした」

自分の顔が強張っているのが分かった。

「まさか」

武は必死に考えをまとめた。

「そ、それじゃあ、刑事さんは田所由美が犯人だとそうおっしゃりたいんですか？　そんなはずはない。じゃあ由美は今どこにいるんですか？　それに、何の理由があって僕たちを殺しに来るんですか！」

「落ち着いて下さい。田所由美が犯人だと言っているわけではありません。ただその可能性もあるということです」

武は気持ちを鎮めようと大きく息を吸い込み、一気にそれを吐き出した。落ち着いて考えてみると、一つだけ気がかりなことがあった。

「刑事さん。その事件で捕まった犯人は、事件について何と言っていたのですか？」

『親指さがし』

この言葉が出てくるのではないかと思ったのだ。

「妙なことを言っていたそうです。私が殺したのではない。私は女にとり憑かれていたのだ、とかね。誰も信じませんでしたが、彼女が四人を殺したのは明らかです。第一、犯行現場を目撃されているし、彼女が持っていた凶器に殺された被疑者の血痕《けっこん》がついていたそうです。当然、精神鑑定も行われましたが、極めて正常でした。状況証拠が残っていたため、結局本人も犯行を認めて、事件は解決したのです」

「女にとり憑かれていた」

と武は呟く。

「何か言いましたか？」

いえ、武は首を振る。

「ただ一つだけ解決しない点は残りましたが」

「何です？」

「肝心の親指です。殺された四人の親指について、捕まった犯人は何も知らないと言ったそうです。結局、四人の親指は最後まで見つからなかったのです……」

重なり合う二つの事件と見つからない親指。武は秋葉にあることを頼もうとした。

「あの……秋葉さん」

「はい？」

「その犯人は今どこに？」

当然といった口調で秋葉は答えた。

「もちろん刑務所ですが」

武は意を決し、秋葉にこう言った。

「できたら会わせてもらえないでしょうか」

秋葉は怪訝そうな表情を浮かべる。

「誰にです？」

「十一年前に事件を起こしたその犯人にです」

「武」

知恵が口を挟んできたが、ここでやめるわけにはいかなかった。

「会ってどうするんです？」

「話が聞きたいんです。二人も友人が殺されて知らん顔はできません。もし十一年前の事件と何か繋がっているのならなおさらです。何かが分かるかもしれない」

十一年前に殺された四人と行方不明だったその犯人。過去にその五人も親指さがしを行っていたに違いない。そしてどこかできっと箕輪スズが関わっている。

「分かりました。もちろん、私たちも同行することが前提ですが、それでよろしいですね？」

秋葉の言葉に武は頷くほかなかった。

何もかも終わらせたつもりだった。しかし、信久が殺され、智彦も殺された。

今度はもしかしたら……。

結局、何も終わってはいなかったのだ。

5

秋葉と上野に続いて間もなく知恵も病室から出ていった。

「知恵。気をつけろよ」

最後に武がこう告げた時、知恵は深く頷いた。一人になった武の頭から、十一年前の事件が離れることはなかった。

予定どおり、武は簡単な検査を行ったが、異状は見つからなかった。夕方になると母が病院まで迎えに来たので、武は頭に包帯を巻いたまま、母とタクシーで自宅に帰った。

車内では終始無言のままだった。智彦が殺されたということはもちろん母も知っているはずだ。昨日までは気の毒な事件と母もそう思っていただろう。しかし、今度は智彦が殺されたのだ。偶然に起こった事件でないことは素人でも分かる。殺された二人と三日前に一緒にいた息子も、何かに関係しているのではないかという母の心配や不安が痛いほど伝わってきた。

自宅に着くと、武は無言のまま自分の部屋に向かった。母に呼び止められることもなかった。部屋に入って枕に顔を埋めると、信久と智彦の顔が浮かんできた。

涙は出てこない。悲しみより恐怖の方が強かった。次は自分かもしれないという不安が、胸に迫ってくる。

『犯人は、その行方不明者だったんですよ』

秋葉の言葉を武は思い出した。十一年前の事件を起こした五人も当時二十歳を迎える年だった。もし、その五人が過去に親指さがしを行っているとしたら。

「由美……」

由美が信久や智彦を……。天界村にいた女、バックミラーに映っていた女は由美。いや、ありえない。

「ありえない……」

そんなはずはないと、必死にそれを否定した。そして武は机の中からビーズの指輪を取り出した。

『大人になるまでそのビーズの輪っかが切れなかったら、何でも願いが叶うんだって』

由美の言葉が蘇り、屋上でビーズの指輪を貰った日のことが思い出された。武は目を閉じ、指輪を両手でギュッと握った。

夜になっても武は部屋から出ようとはしなかった。食事ができたからと母の声が聞こえてきたが、気分が悪いからと断った。母はすんなりとそれを了解したが、父は違った。帰ってくるなり、武の部屋のドアを激しく叩いてきた。

「おい、武」

ドアの向こうから父の声が聞こえてきた。

「おい、聞こえてるんだろ。返事くらいしろ」

武は無言を続けた。

「おい！　いい加減にしろ！　今お前の周りで何が起こっていると思ってるんだ！」

「何だよ」

「いいから部屋から出てくるんだ。話がある」

「一人にしてくれよ」

「とにかく出てこい」

父の一方的な物言いに、返事をする気が失《う》せてきた。

「いいか？　今お前の周りで連続殺人事件が起きているんだ。ただごとじゃないだろう。上の者は、殺された二人と三日前に一緒にいたお前と高田知恵も関係しているんじゃないかって見ているんだ。お前のところにも行っただろう」

「ああ。でも俺は何も知らない」

「俺は信じる。でも上の者が、はいそうですかと納得すると思うのか」

「じゃあ、どうすればいいんだよ」

自分も殺されるのではないかという恐怖を振り払うように武は怒鳴った。

すると父は静かな口調で言った。

「本当に何も関係していないんだな？　本当にあの二人のことも何も知らないんだな？」

本当のことを言うべきではないかと武はためらったが、それはできなかった。誰があんな話を信じてくれるだろう。

「ああ」

武は小さく返事をした。父はしばらく黙っていたが、そうかと呟き部屋の前からいなくなった。

家の中が静まり返ると、途端に武は一人でいることが心細くなってきた。震え始める体を必死におさえるように、武はベッドの毛布を体全体で強く抱きしめた。あまりにも色々なことが起こり、疲れていたのだろう。震えながらもいつの間にか武は深い眠りに落ちていった。

6

明るいとはいえない殺風景な室内。

「さあ、入れ」

扉が開き、看守の声が面会室に響きわたった。その声に、武と二人の刑事は視線を扉に向けた。

この日の早朝、秋葉から直々に連絡が来た。内容は言うまでもなく、十一年前に起きた事件についてだった。午後二時に合流した三人は、事件の犯人が服役している刑務所を訪れていた。

「田中明日香。十一年前に逮捕された女です。この写真がそうです」

車内で受け取った写真に写っていたのは長い髪の女だった。髪はぼさぼさで、肌荒れが激しく、ひどく疲れた表情をしている。

「ずっと行方不明だったんですよね」

他人事《ひとごと》とは思えず、由美の顔が脳裏をかすめた。

「小学生の頃から約九年間、二十歳になって逮捕されるまでずっと行方不明だったそうです」

秋葉は続けた。

「一番理解できないのは被害者の親指です。どうしてバラバラになった遺体から左手の親指だけがなくなるのか。今回もそれが全く分からない」

武は返事ができなかった。いつまで黙っていられるだろうか。

「早く入れ」

看守の強い口調に促されて、作業服を着た白髪混じりの痩《や》せた女が姿を現した。十一年前に四人の友人を殺害した犯人、田中明日香だった。

「さあ座れ」

明日香は言われるがまま、イスにダラリと腰掛ける。その瞬間、武は目が合った。気のせいか、明日香が不気味な笑みを浮かべたように見えた。

「私に面会なんて珍しいですね」

プラスチックの仕切りの向こうに座る田中明日香が挑戦的に呟いた。

「刑事の秋葉さんに上野さん。それから……」

看守が武に目をやる。武は後を受け、自ら名乗った。

「沢です。沢武です」

明日香はどうでもいいというふうに言った。

「それで？　今頃刑事さんが私に何か？　あの時は何を言っても信じなかったくせに」

重い空気が立ちこめる中、口を開いたのは武だった。

「実は、僕の友人が連続して二人も殺されました」

武は神妙な顔つきで明日香の目を見て言った。明日香はフンと鼻で笑った。

「だから？　私には関係ないでしょ」

秋葉が補足するように口を挟んだ。

「それがな、十一年前と何もかもが一緒なんだよ。お前が犯した殺人とまるでな」

「言ってる意味が分からないわね。前にも言ったとおり、私にはその時の記憶がないの」

「とぼけるな」

間髪を入れず秋葉が怒鳴った。明日香は小さく笑い、

「何を話しても無駄ね」

と、吐き捨てるように言った。

「記憶がないって、どういうことですか？」

武はそこが気になった。だが明日香はそっけなかった。

「あんたに話したって無駄よ。誰も私の言うことなんか信じないんだから」

仕方なく武は話を戻すことにした。それも当事者しか知りえない衝撃的な事実に。

「僕の友人だった二人はバラバラにされていました。しかも、親指がないんです」

そう言った途端、明日香の強い視線が武に向けられた。

「え？」

明日香の顔つきが多少変化した。親指という言葉に反応したのだ。

「バラバラにされた遺体から左手の親指だけがなくなっているんです」

「今も親指だけが発見されていない。十一年前と一緒なんだよ」

横から上野が強く言う。明日香は上野の言葉には全く興味を示さず、武の顔を見て不気味な笑みを浮かべた。

「何がおかしい」

相変わらず明日香は秋葉を無視している。そして笑みを浮かべたまま意味ありげに呟いた。

「ふーん。そう。そうなんだ。へえ」

彼女はなぜか嬉しそうに、クックックと笑っている。この女は本当に精神異常者ではないかと武は薄気味悪くなってきた。

「な、何ですか」

と言うと、明日香は笑いをピタリと止めて、鋭く言い放った。

「親指さがし」

「何？」

意味が分からず、秋葉が明日香に訊き返した。しかし武の耳にその単語ははっきりと届いていた。

『親指さがし』

確かにそう言った。途端に武の表情が強張った。

「やったんでしょ。親指さがし」

「親指さがし？　何を言っている」

秋葉はまだ意味がつかめずにいる。武は隣に秋葉がいることを忘れてしまいそうだった。

「答えなさいよ。やったんでしょ？」

武は何も答えられなかった。いきなり明日香が核心をついてきたので、口を開くことができなかった。

「まあいいわ。それじゃあね、面白いことを教えてあげる」

「面白いこと？」

武が繰り返すと、

「そう、面白いこと」

と明日香は続けた。

「親指さがし。実はあの話、私たちが作ったの」

「え？」

激しい衝撃が体を貫いた。親指さがしという話を作った張本人がここにいるのだ。

「おい！　何の話だ！」

たまらず秋葉が明日香に怒鳴る。明日香はお構いなしに話を続けた。

「今から二十年前。私がまだ小学生の頃に、ある奇妙な事件を私は耳にした。左の親指だけがなくなっていたというバラバラ殺人事件をね」

山梨県天界村で起きた事件である。殺されたのは箕輪スズだ。

「当時、私と仲の良かった子と色々な噂話や怪談話を探してきては、他の友達にそれを話して怖がらせていたんだけど」

会話に入ることを諦めたのか、秋葉も明日香の話に聞き入っていた。

「でもあくまでそれは嘘の話。刺激がなかった。誰かを本当に怖がらせてやりたかった」

「そこに例のニュースが飛び込んできた」

「そう。その時私は思いついた。この事件をもとに怖い話を作ってやろうってね。それで私と仲の良かった子と二人で親指さがしという話を作ったのよ。バラバラにされた女性の遺体から左手の親指がなくなった。今から別荘に探しに行こう。まずは円になり隣の人の親指を隠してあげる。そして目を閉じる。自分がバラバラにされてしまう想像をする。そしてギリギリになって付け加えるの。そうだ、別荘に着いたらロウソクがあるからそれを消せばここへ戻ってこられる。それと最後に、後ろから肩を叩かれるから絶対に振り返っちゃだめだよってね。私たちは学校の屋上に男子を三人集めて、その話をすると、彼らは馬鹿にするように笑ったわ。無理もないわよ。だってただの作り話だもの。私とその子だって打ち合わせをしていたのよ。円になって目を閉じて、しばらく経ったら気を失ったふりをしようって。でも」

「でも？」

話に夢中になっている秋葉が訊いた。

明日香は息を吐き出し、言った。

「私たちは本当に別荘へと行ってしまった。作り話のとおりになってしまったのよ」

明日香は呆然とした表情で続けた。

「私とその子と三人の男子は、それ以来、何度も別荘に行ったわ。あの妙な体験をするために。もう親指なんかどうでもよくなっていた。あのスリルを味わえればよかったのよ」

武には十分明日香の話が理解できた。そう、初めはスリルだった。

「でも私は……自ら作った掟《おきて》を破った」

後ろから肩をポン、ポンと叩かれるあの感触を武は思い出した。

「振り返ったのよ。肩を叩かれて。それからの記憶が私にはない。気がついたら私はあの時の四人を殺したことになっていた。私が知るよりもはるかに成長した彼らをね」

「後ろには……」

「え？」

「肩を叩かれて振り向いてしまったあなたは、そこに何を見たんですか？」

武が訊くと明日香はあっさりと答えた。

「女よ。殺された女。今でもはっきりと憶えている。全く表情がなかったわ」

ためらったが、武は全てを打ち明けた。

「実は、七年前に僕の友人が突然消えてしまった。今も行方不明のままで」

それ以上は何も言いたくなかった。もしかしたら由美が二人を……。

「それで？」

武の返事を待たず、明日香は嬉しそうに続けた。

「振り向いたのよ。その子も」

そして最後に真剣な顔でこう言った。

「私同様、その子にも女がとり憑いている」

7

「どういうことだ。どうして黙っていたんだ。なぜ知っていることを全て話さなかった」

刑務所を出て、武と秋葉と上野は車に乗り込んだ。

車が走りだし、しばらく経ってからようやく秋葉が口を開いた。先ほどの話を自分なりに整理していたらしい。

「親指さがしというのは、一体何なんだ？」

武は黙っていたが、秋葉の追及は厳しかった。

「答えるんだ」

もう逃げ道はない。全てを話すしかなかった。

「すみません……信じてもらえるはずがないと思ってずっと黙っていました。それに、あの出来事が原因だと思いたくなかった」

「どういうことなんだ？」

武は観念して、全てを秋葉に話し始めた。

「親指さがしという話は、七年前、現在行方不明になっている田所由美が突然僕たちに言いだしたんです。ある別荘で一人の女性がバラバラにされて殺された。でも左手の親指だけがどうしても見つからないから、今からそれを探しに行こうと」

「それで？」

「初めは意味が分かりませんでした。探すって言ったってどうやって探すんだって、僕たちは由美に訊きました。そしたら由美がやり方を説明してくれたんです。まずは円になる。次に隣の人の左手の親指を自分の右手で隠して目を閉じる。最後に、殺されてしまった女性の気持ちになる。自分が殺されてしまうという想像をするんだって」

「馬鹿馬鹿しい」

吐き捨てるように言った秋葉の言葉に、思わず武は反発した。

「僕たちだって初めはそう思っていました。単なる噂話、ただの遊びだって馬鹿にしてたんです」

「これまでの話からすると、どうやらそれは嘘ではなかったと？」

「そうです。それじゃあ、やってみようということになった時に、由美が言ったんです。別荘に着いたらロウソクがともっている。それを消せばここに戻ってこられるって。それと最後に……」

「肩を叩かれる？」

蔑《さげす》んだ言い方だった。

「そうです。誰かに後ろから肩を叩かれる。でも絶対に振り向くなって。振り向いたらもう生きて戻ってこられない、そのまま死んでしまうって由美に言われました。それでも僕たちは信じていなかった。由美が度胸試しをしているんだって、そう思っていた。ところが由美の言うとおりに円になり、隣の人間の左手の親指を隠し、そして目を閉じて女性の気持ち、自分がバラバラにされてしまう映像を闇の中で思い浮かべていると、なぜか突然意識を失って、気がついたら本当に見知らぬ部屋に一人で立っていたんです」

「到底信じられる話ではないな」

「分かっています。でも本当なんです」

「確かに嘘を言っているとも思えないが……」

その言葉で少し武は安心できた。

「それで？」

「初めは怖かった。でも言われたとおりに僕は親指を探してみました。でも親指は見つからなかった。机の引き出しを開けていって三つめの引き出しを開けようとした瞬間、後ろに何かの気配を感じたんです。そして本当に肩を叩かれて、僕はたまらずロウソクを消しました。気がついたら親指さがしを始めたマンションの屋上に僕は倒れていたんです。みんなもそうでした」

「それで君は田所由美が失踪したのもそれが原因だと」

「二度めの親指さがしをした時でした。あの頃僕たちは、あの妙な体験、そしてスリルを楽しんでいた。でもやっぱり肩を叩かれた恐怖からロウソクを消して屋上に戻り、ふと気がつくとそこには由美の姿がなかったんです」

「それじゃあ田所由美は、肩を叩かれて振り向いたということか？」

「田中明日香の話からすると……おそらく」

秋葉は間髪を入れず質問してきた。

「ちょっと待ってくれ。それじゃあ話が違うじゃないか。田所由美は、肩を叩かれて振り向いたらもう生きて戻ってはこられないと言ったんだろ？　それなのにどうして田所由美の全てが消えてしまうんだ」

「初めは僕たちもそのことに疑問を抱きました。だから親指さがしが原因ではないと逃げ道を作りたかった。でもこの七年間、心の中では親指さがしが原因だとずっと思ってきたんです。僕を除いた三人も同じです。結局僕たちは事件の責任を背負ったまま、今年で二十歳になろうとしていた。このままではいけないと思って僕はあることを調べたんです」

「二十年前に起きた事件だな」

「そうです。現実にあった事件だと知って、僕たち四人は山梨県の天界村に行き、殺された箕輪スズの別荘を見つけたんです。その別荘に入ってしばらくすると信久に異変が起こったんです」

「異変？」

「ええ。突然訳の分からないことを言いだして智彦を攻撃しようとしたんです。どこから持ってきたのか、錆びついた鎌を右手に持って。でも鎌を振り上げたところで信久は気を失ってしまいました。さすがに僕たちは怖くなって別荘を出ると、一人の老人に声をかけられました。その老人と話していて初めて分かったんです。箕輪スズが恐ろしい人間だったということを」

天界村の老人、山田与三が語った内容を武は秋葉に話した。

「次の日に僕が箕輪スズの通っていた小学校に行ってみると、そこにたまたま箕輪スズと同級生だった女性教師がいたんです。その人にも箕輪スズの話を聞きました。そこでもやはり同じでした。彼女は恐ろしい子供だった。普通の人間ではなかったと」

秋葉は目頭を押さえている。信じてくれているのだろうか？

「その帰りに僕は見たんです。車のバックミラーに映る女の姿を」

「それに気をとられて君は事故を起こした」

「ええ、ただそれだけなら錯覚だと思うことができました。でも目が覚めると信久が殺されていた……」

秋葉は何かを考えている様子だった。

「田中明日香が先ほど言っていたことが僕には嘘とは思えない。彼女は肩を叩かれ振り返った。その後は記憶がないと言っていた。私は女にとり憑かれていたと。もしかしたら由美も」

ハッと武は気づいた。

「もし、もし本当に箕輪スズがとり憑いているのだとしたら、もし本当に箕輪スズが由美に入り込んでいるのだとしたら、彼女は再現しているのかもしれない。自分の味わった苦しみや痛みを。だから何もかもが一緒なんだ。殺される年も。親指がなくなるのも。だから十一年前に事件を起こした田中明日香の時も同じだった」

秋葉は納得するように頷いた。

「分かった。今の話は全て報告する。おそらく田所由美を全力で捜索することになるだろう」

武は確信していた。『親指さがし』。あれは夢なんかではない。本当に箕輪スズが殺された別荘に行ったのだ。死んだスズに魂を引き寄せられて……。スズの怨念が宿るあの別荘へと。

「初めから正直に話していればこんなことにはならなかったんだ。少なくとも五十嵐智彦が殺されるのは防げたかもしれない」

言われるまでもなく後悔している。だがいくら自分を責めても、信久や智彦は二度と帰ってはこない。

武は何も言えなかった。

8

家に送ってもらった頃にはもう陽が暮れていた。見上げると、気のせいか空が濃い紫に見える。

不吉な予感がするのは考えすぎだろうか。

　武に続いて秋葉も車から降りてきた。

「指示が下れば君や高田知恵の自宅周辺に厳重警備が敷かれるだろう。それまでは絶対に一人で外へ出てはだめだ。いいね？」

　武は深く頷いた。

「分かりました」

　秋葉は武の返事に安心したのか、再び車に戻っていった。武はしばらく、徐々に遠ざかっていく秋葉の車をじっと見送っていた。

　とうとう過去の全てを明らかにしてしまった。理由は保身ではない。仕方がなかった。もう過去にケリをつけなければならなかったのだ。警察が動き、事件は解決に向かうかもしれない。だからといって武の中で安心感はなかった。むしろ妙な胸騒ぎがする。本当に二人を殺したのが由美なのかという疑念。

　後はもう、犯人は由美ではなく、このまま何も起こらずに事件が解決することを願うしかなかった。


　知恵は部屋のカーテンを閉め、勉強机に向かっていた。机のライトだけをつけて、引き出しから白いカバーの分厚い写真アルバムを取り出した。そこには知恵が小学一年生の頃から六年生までの写真が色々な思い出と一緒に収められている。

知恵はページを開いた。

一番初めの写真は入学式で撮った写真。黄色い帽子を被り、赤いランドセルを嬉しそうに背負っている自分がいる。一人で写っている写真と母と手をつないでいるもの。それとクラス写真が一枚。初めてのクラスでは信久と一緒だった。信久は明るい笑みを浮かべている。それを見て知恵は思わず涙をこぼした。たまらずに次のページをめくる。二年生の遠足の時に撮った写真。三年生の時の夏休みに家族旅行をした写真。四年生の時には智彦と同じクラスだった。涙が止まらない。そして六年生の修学旅行。田所由美は一番仲の良い友達だった。

『田所由美さん。調べさせてもらいました』

秋葉の言葉が脳裏をよぎる。

『犯人だったんです。十一年前にその四人を殺していた犯人が、その行方不明者だったんですよ』

「由美なの？　由美のわけないよね？」

知恵は写真に写る笑顔の由美に話しかける。

「どうしてこんなことに……」

両手で顔を覆って嗚咽《おえつ》していたその時、不意に携帯が鳴りだした。

涙を拭いながらベッドに置かれていた携帯を取り、誰からかを確認する。

「誰だろう」

公衆電話と通知されているのは珍しかった。

「もしもし？」

電話の向こうでは物音ひとつしない。

「もしもし？　誰？」

沈黙を破って、女の人の声が聞こえてきた。

「チーちゃん？　私……」

聞き覚えのあるような声。チーちゃんというあだ名で呼んでいたのはただ一人だけだった。

「由美？」

思わずそう言っていた。そうだ。チーちゃんと呼んでいたのは田所由美ただ一人だけだった。

「由美なの？」

「うん」

どうして。どうして由美が。知恵の声は震えた。

「嘘でしょ……どうして」

携帯を握る力も強くなる。

「生きてたの？」

一つひとつの問いに答えるのに間がたっぷりとおかれた。

「ええ」

あれから七年も経っているのだ。正直に言うと、もう生きていないと思っていた。だが由美とこうして話をしている。嘘みたいだ。知恵は何だか不思議な感覚にとらわれた。

実際に由美は生きていて、今こうして話しているのに、知恵はなぜか安心することができなかった。この状況では驚きに勝るものはなかった。

「この七年間……どこに？」

「……それは……言えない」

そう言って由美は付け足した。

「まだ」

知恵はまだ信じられず、しつこいくらい確認してしまった。

「本当に由美なの？　由美なんだよね」

「うん」

こんなに寡黙《かもく》ではなかった。自分の知っているあの明るかった由美とは別人のようだ。

「今……どこにいるの？　ねえ教えて。それくらいはいいでしょ？」

由美には何か事情があるのだ。人には言えない事情が。けれど、せめて今どこにいるのか、そしてどこで生活をしているのか、それだけは訊いておきたかった。すると意外な答えが返ってきた。

「実は……近くにいるの」

「本当？　近くってどこ？」

由美の返事は、またも知恵の意表をついた。

「会いたいの……今から」

そう言われた時、秋葉の言葉が再び脳裏をよぎって、知恵は一瞬戸惑った。しかし、由美に会いたいという感情には抗《あらが》えなかった。ああいう形で別れていたからなおさらだった。

「どこなの？」

「今……私たちの母校にいるの」

「西田小学校ね」

「ええ。そうよ」

「分かった。今からすぐに行くわ」

由美は最後にこう言った。

「待ってるわ」

そう告げて知恵は電話を切った。由美が生きている。すぐに武の携帯に連絡をしたが、なかなか武は電話に出ない。

「早く出て、お願い」

知恵は武にテレパシーを送るようにそう呟いた。だが結局武は出なかった。そのかわり、留守番電話サービスに繋がれたので、知恵は仕方なくメッセージを入れた。

「武？　今どこにいるの？　落ち着いて聞いて。大変なの。実はね、今、由美から電話があったの。あれは絶対に由美よ」

知恵は興奮していた。興奮せずにはいられなかった。

「私、今から会いに行く。何か事情があるみたいなの。だから武、これを聞いたらすぐに来て。西田小よ。西田小にいるからすぐに来て」

知恵は電話を切ると、すぐさま部屋を飛び出した。

「知恵？　どこに行くの？」

由美のことで頭がいっぱいだった知恵には、母の声など聞こえなかった。

「知恵？　こんな時間にどこに行くの？」

玄関のドアを開けながら振り返った知恵の顔は紅潮していた。

「由美が……生きていたのよ」

母の返事も待たず、知恵は家を飛び出した。


滴と一緒に過去も流れてしまえばいいのに。そんな思いを抱きながら武は頭からシャワーを浴びていた。バスルームを出て、タオルで軽く髪を拭きながら自分の部屋に戻り、ため息をつきながらベッドに腰を下ろした。

その勢いで携帯がベッドの上で軽く跳ねた。目をやると、着信ランプがついていた。

「誰だよ……」

不在着信が一件。その隣に留守が一件と表示されていた。相手が知恵だと確認して留守録を再生した。

『用件が一件。再生します』

機械の声に続いて、興奮気味の知恵の声が聞こえてきた。

『武？　今どこにいるの？　落ち着いて聞いて。大変なの』

ひどく興奮している。一体何があったのだろう。武は不安になりながら知恵の次の言葉を待った。

『実はね、今、由美から電話があったの』

由美？　馬鹿な。由美のわけが……。まさか。

『あれは絶対に由美よ』

武は息を呑んだ。

『私、今から会いに行く。何か事情があるみたいなの。だから武、これを聞いたらすぐに来て。西田小よ。西田小にいるからすぐに来て』

録音はそこで終わっていた。由美の留守録をもう一度頭の中で思い出してみる。

『私、今から会いに行く』

今度は田中明日香の言葉が脳裏をよぎった。

『私同様、その子にも女がとり憑いている』

最悪な状況だった。知恵、待て、行くな。電話をしてきたのが由美だとしても、そいつは由美じゃない。スズだ。箕輪スズだ。

武はすぐさま知恵の携帯にかけたが、なかなか出ない。何度コールが続いても、知恵は出ない。武の中で嫌な予感が膨らんでいく。

「くっそ！」

武は急いで服に着替えた。西田小学校に急がなければ知恵が危ない。

これでほぼ確信した。由美にはスズがとり憑いている。これ以上犠牲者を出してはならない。

知恵を助けなければ、そして由美を助けなければならなかった。

玄関までの距離が、長く感じられる。

「どこに行くの?」

慌ただしい足音を聞きつけて、母が声をかけてきた。

「行ってくる」

そっけなく答えて、武は玄関の扉に手をかけた。

「待ちなさい! どこに行くの?」

武は母に背を向けたまま小さく言った。

「心配ないよ」

武は家を出た。

「待ちなさい!」

母の怒声が響いた。もう振り向きもしなかった。

武は西田小学校までひたすら走った。

頭の傷が、ズキズキと疼《うず》いた。

さよなら

1

荒々しく息をしながら、武はようやく西田小学校の校門前にたどり着いた。

「はぁーはぁーはぁー」

ずっと走りっぱなしで胸が苦しいが、呼吸を整えている余裕はない。ふと見ると、閉まっているはずの校門が開いていた。頑丈なはずの南京《ナンキン》錠が壊され、はずれているのだ。

「知恵……」

ますます知恵が心配になり、慌てて西田小学校の中に足を踏み入れた。暗闇がたちこめる校庭は、異様なほど静まり返っていた。

武は周囲に気を配りながら慎重に一歩一歩進んでいく。強い風が吹いて、後ろでカランカランと音がした。咄嗟に武は振り向いた。校庭に捨てられた空き缶の音にさえ、臆病になっている自分が情けなかった。

いない。どこにも知恵がいない。だがどこかで由美が、いやスズが自分のことを見ていると思うと、知恵の名前を呼ぶことすらできなかった。

校庭全体を確認したが知恵はどこにも見当たらなかった。一度校門に戻ろうとした武には、何かがひっかかった。もう一度、辺りを見回してみる。

突風が吹き荒れ、校舎の方からバタンという扉が閉まるような音がして、武はハッと振り向いた。開いているはずのない扉がどうして閉まる音を立てたのだろうと異変を感じた武は、校舎に向かって走った。

扉が開いていたのは生徒たちが出入りする扉ではなく、職員玄関の方だった。校門と同じ南京錠が、地面に落ちていた。

ひょっとしたら、この中に？

武は職員玄関のドアノブに触れる瞬間に手を引っ込めた。霊感など全くない武にも強い気というものが感じられた。

校舎内に入ることにためらいはなかったが、その前に秋葉にだけは連絡を入れておいた方がいいだろうと思い、携帯から連絡を入れた。

「もしもし？　沢です」

「どうした？」

武の緊迫した声に、秋葉はただごとではない何かを感じとったようだ。

「実は先ほど、高田知恵から電話がありました」

「それで」

「田所由美から電話が来たと言ったんです」

「何！　本当か。それで高田知恵は」

「僕たちの母校、西田小学校に行くと言ってました」

「それで、それで今、君はどこにいるんだ？　まさか小学校にいるんじゃないだろうな？」

「知恵を一人で危険な目に遭わせるわけにはいきませんから」

秋葉は迷うことなく指示を出した。

「それならいいか。絶対にそこから動くな！　何があってもだ。我々警察が到着するまで君はそこでじっとしているんだ！　いいな？」

「はい……分かりました」

それだけを言って携帯を切った。

武は携帯をポケットにしまい、校舎に一歩足を踏み入れた。先ほどよりも強い気を感じる。それに導かれるようにして武は暗闇の校舎を進んでいく。秋葉の指示など、最初から聞くつもりはなかった。すでに脳が支配されていたのだ。強い気に。屋上へ来いと。

コツ。コツ。コツ。真っ暗闇の階段を一段一段上がっていく。そして階が上がるにつれ、先ほどから感じている強い気は強烈に増していった。武の意識は霧のようなものに包まれ、朦朧《もうろう》としていた。

ハッと我に返ると、屋上に通じる扉に手を伸ばしていた。頭が重い。ここまでのぼってきた記憶がない。武は頭を振り、大きく息を吐いた。扉の向こうに人の気配を強く感じる。意を決した武は、屋上の扉を静かに開いた。キキキー。階段の下の方にまで錆びついた音が響いた。

紫色をした夜空の下に、街の景色が広がっている。

強風が、吹き荒れた。

屋上に出た途端、恐るべき光景が視界に飛び込んできて、武は動くことができなかった。白いワンピースを着た長い髪の女が、大きな鎌を持ちながら武に背を向けて立っている。そして女の前には知恵がうつぶせに倒れていて、血が大量に流れ出ていた。遠くからでもはっきりと分かるほどに。

愕然《がくぜん》として、武は全身を震わせながら強く叫んだ。

「知恵！」

武の叫び声が、夜空に広がった。女は鎌を手に持ったまま、ヌラッと武を振り向いた。女に睨みつけられ武の背筋が凍った。足が動かない。女は一歩一歩静かに歩み寄ってくる。暗闇の中、次第に女の顔がはっきりしてきた。恐怖で叫びだしそうになるが、女の顔には見覚えがある。面影があったのだ。田所由美。彼女だった。

「いいところを邪魔しやがって」

初めて女が呟いた。

「沢……武だな」

機械で変えたような重く低い声。武が言葉を返せずにいるうちに、女はもう目の前に立っていた。

「自ら殺されに来るとはな」

女はクックックッと不気味に笑っている。

「由美、なのか？」

すると女の顔から笑みが消えた。

「私は由美ではない。スズだ」

いや、由美に間違いない。天界村にいたのも、バックミラーに映っていたのも由美だったのだ。ただ箕輪スズに心も体も、そして記憶さえ乗っとられている。田中明日香の時と全く同じだ。

「俺だよ……由美。分かるだろ？」

「分からないさ。もはやこの体は私のもの。快適な体。そして幸せが詰まった由美の記憶。今は全て私のもの。由美は毎日毎日私の中で、必死にもがいていたよ」

「ふざけるな！」

「ふざける？」

「由美を……返してくれ。頼むから、もう終わりにしてくれ。お願いだ」

「それはできない」

「どうして！　もう十分だろ」

「お前を殺していない。お前はまだ私と同じ苦痛、痛みを味わっていない」

「同じ苦痛……痛み？」

一体、何のことだ？

「二十年前、私は最愛の父を失い、別荘で殺された。バラバラにされたあげく……親指を」

「……親指」

「狂った犯人だった。私の全てをバラバラにして、左手の親指を持ったまま逃げた。その親指をどうしたと思う？　別荘の前にある大きな樹の下に理由もなく埋めたんだよ。土を掘りながらゲラゲラと笑っていた。私は許せなかった。だから呪い殺してやったのさ」

武は何も言えなかった。スズは続ける。

「私は犯人を、そして人間を恨みながら、思い出の別荘の中にいた。ずっと一人で。殺されてから数日が経ったある日、私の別荘に入り込もうとした五人の小学生たちがいた。面白半分で勝手な話を作り、私の別荘に断りもなくやってきたのさ」

それが田中明日香たちだった。

「私は奴らの魂を呼び込んだ。奴らの作った話のとおりにしてやろうと思った。肩を叩かれ振り向いた奴の体に入り込む。そして二十歳になる年、成人の年に私と同じ痛みを味わってもらおうと。私は四人を同じように殺してやった。親指も埋めた。目的を果たし、私は田中明日香の体から離れた。どうせ警察に捕まって一生、刑務所で暮らすと分かっていたからな。私は再び別荘に戻って人間を恨み続けた。来る日も来る日も。そして今度はお前たちだった。この七年間、どれだけ待ちわびたか。別荘の中でずっと」

「由美も……振り向いた」

突然スズが笑いだした。

「何がおかしい」

「おかしいだろう？　みんなには振り向くなと言っておきながら自分で振り向いているんだから」

武は大きく息を吐いた。

「そんなことはもうどうでもいい。頼むから由美を返してくれ。もう終わりにしてくれ」

だがスズの返事はあっけなかった。

「終わりにしてやるさ。最後にお前を殺してからな」

武は俯きながら言った。

「後悔……してるんだ。大切なものを失って」

「そんなことを言っても私はお前たちを許さない。そしてこれからも人間を恨み続けるだけさ。面白半分で私に関わってきた人間どもは特にな」

武は首を振った。

「違うよ」

「違う？」

「確かにあなたはいつも一人だった。父親以外は誰も側にはいなかった。なぜなら恐れられていたから」

「黙れ！」

スズの表情が凍った。

「あなたは、あなたをいじめた人間を恨んだ。あなたを殺した人間を恨んだ。でも本当は恨みたくなんてなかったんだ。だって本当は友達が欲しかったから。側にいてくれる人が欲しかったから」

「違う。私は一人でも寂しくはない。私は他の人間とは違う」

武は悲しげな目でスズを見た。

「独りぼっちなのに、寂しくない人間なんていないよ。そうだろ？　由美」

そう言って武は、ビーズの指輪をスズに見せた。

「これを見れば思い出せるさ。憶えてるだろ？　ここでお前に貰ったんだ。何でも願いが叶う指輪だって。今もずっと大切にしてる」

「な、何を言ってる、黙れ」

「お前は由美なんだ」

「だ、だ、黙れ！」

スズの様子がおかしい。すると、突然スズが激しく震えだした。それでも力を振り絞るようにして、右手に持っていた鎌を大きく振り上げた。

「コロシテヤル」

しかし振り下ろされる直前、鎌が音を立てて地面に落ちた。震えていたスズが、うううううう、と呻いている。スズの突然の変化に戸惑いながら武は後ずさった。

「ゆ、由美……？」

「うううううううう」

スズの息づかいがだんだんと荒くなっていく。両手で自分の髪をわしづかみにしながら暴れだした。スズは苦しそうに、ううううう、と呻きながら後ろにさがっていく。武は何が何だか理解できなかった。とにかく、スズの中で、いや、由美の中で何かが起こっている。武は息をするのも忘れて、瞬き一つせず、スズの変化を凝視していた。

「うあああああああ！」

スイッチが切れたかのように、スズの動きが突然ピタリと止まり、うつぶせになっている知恵の近くに倒れ込んだ。

「由美？」

遠くから声をかける。反応はない。武は震える足で駆け寄った。

「由美？　由美？」

体を揺らし、由美の口元に耳を近づけてみる。幸い、息はある。だが。

「おい！　知恵！　知恵！」

近くで倒れていた知恵の息はもうなかった。武はガックリと膝をついた瞬間、背後に人の動く気配を感じた。振り返ってみると、倒れていた由美が起き出している。

「由美？」

体を重たそうにしてゆっくりと立ち上がった後に発した声は、武にとって懐かしく、長年待ちわびたものだった。

「ここは……？　何だか前にも来たような」

由美はそう言って自分の体を眺め、怪訝そうな表情を浮かべていた。

これは由美だ。間違いない。だがスズは？　いや、もうスズはいない。消えたのだ。

「由美」

無垢な瞳が武に注がれた。

「あなた……誰？」

やはり憶えてはいないようだった。無理もないだろう。最後に会ってから七年も経っており、みんな成長しているのだ。武は静かに口を開いた。

「俺だよ。沢だよ。沢武。分かるだろ？」

思い出してほしいと願いを込めて言うと、由美は小さくこう洩らした。

「武……嘘……どうして？　本当に武？　だって私の知っている武は……」

そして気づいたのだろう。血だらけになって倒れている知恵に。途端に由美は怯えだした。

「やだ……」

後ずさりながら由美は自分のワンピースにも大量の血がついていることに気がついた。そして右手を見つめながら由美は震えた口調でこう洩らした。

「私……」

「違う、違うんだ」

「私が……？　そうなの？」

「違うんだ。違うよ」

由美は激しく首を振った。

「分からない。全然憶えてない。記憶がないの。どうして自分がここにいるのか。自分は一体誰なのか。自分が自分じゃないみたい。ただ、今までずっと誰かに閉じこめられていたような……」

七年ぶりの自分に混乱するのは当たり前だった。そして武でさえ、まさかこんな形で再会することになろうとは、想像すらできなかった。

「親指さがし。憶えているか？　七年前、君は突然姿を消したんだ」

「親指……さがし」

その言葉に思いあたるふしがあったのだろう。由美の表情が変わった。

「そう、あの時……私」

「由美が言ったんだよ。絶対に振り向くなって。でも、肩を叩かれて振り向いたんだろ」

由美は頷いた。

「それから……何も憶えていない」

「あれから七年が経ったんだ。君の知らないうちに。信じられないかもしれないが……本当なんだ」

君はスズに体を奪われ、友達三人を殺してしまったんだ。そんなことは言えるはずがなかった。

武は溢れ出しそうになる涙を必死にこらえた。

「詳しい話は後だ。とにかく知恵を病院に連れていかなくちゃ。二人で運ぶんだ」

倒れてピクリとも動かない知恵に由美は視線を移す。

「知恵って……チーちゃん？　どうして？」

「とにかく話は後だ」

まだ諦めてはならない。知恵は助かると武は信じたかった。武は由美に背を向け、倒れている知恵を抱き起こした。

生気がなく青ざめた知恵の顔を見ると、諦めてはいけないと思う気持ちが揺らいでいく。大きく見開いたままの目を武は閉じてやった。

「さあ、足を持ってくれ」

「…………」

「由美！　さあ早く」

「…………」

背を向けたまま言うと、背後からゼーゼーと息を切らした低い声が聞こえてきた。

「もう無駄さ」

その低い声に背筋が凍った。武が振り向いた時にはすでに左肩に鎌が突き刺さっていた。

「ああああああああ！」

鋭い痛みを伴って、肩から血が溢れ出した。肩を押さえ、激痛をこらえながら武は由美の顔を見た。もう由美ではなくなっていた。表情がまるで違う、憎しみに満ちたスズの顔だった。スズが息を切らしながら立っているのだ。

「外したか……」

「スズ……どうして」

スズは喘《あえ》ぎながら言った。

「由美の奴、突然私の中から現れやがった」

お前の中からじゃない！　あまりの痛みに武は口を開くこともできなかった。

「さあ、これで最後だ。私と同じようにしてやる。死ね」

鎌を大きく振り上げたその時だった。遠くからパトカーのけたたましいサイレンが何重にもなって聞こえてきた。音だけでも相当の数だと想像がついた。その中に秋葉もいるのだろう。

「警察か」

ひるむ様子もなくスズは呟いた。痛みに耐えながら武は必死になって頭を回転させた。これで自分は助かるかもしれない。が、このままでは由美が捕まってしまう。真実を明らかにする良い方法はないだろうか。だが……。

「続きだ」

改めてスズは鎌を振り上げた。武はもう逃げも叫びもしなかった。ただ、鈍い色を放つ鎌を、夢の中の出来事のように静かに見つめるだけだった。

「死ね」

猛烈に強い風が吹いた。武は覚悟を決め、きつく目を閉じる。一気に鎌は脳天に突き刺さり、武は即死する。しかし、何か様子がおかしい。いつになっても鎌が振り下ろされる気配がない。武が恐る恐る目を開けると、そこには奇妙な光景があった。鎌を持っているスズの右手が徐々に後ろへと下がっていく。ガクガクと震えながら徐々に後ろへ。

「な、なぜだ！」

スズ自身が混乱している。その時だった。由美の声がどこからともなく聞こえてきた。

逃げて！

「由美……」

逃げて！

幻聴ではない。確かに聞こえる。

「あああああああああああ！」

どうしても鎌を振り下ろせないスズは、苛立ちながらもがいている。

由美が闘っている。由美が由美の中で、必死に。

パトカーのサイレンが大きくなってきた。もうそこまで来ているのだろう。

「うああああああああ！」

いまだにスズは暴れている。どうなってしまうのかと、ただただ見つめているとスズが、いや、由美が信じられない行動に出た。

後ろに引っ張られていた力が失われ、右手に握った鎌が一瞬にしてスズの腹部に突き刺さった。

「うああああああ！」

スズが悲鳴を上げる。

「由美！」

無意識のうちに武は叫んでいた。肩に激痛が走る。

「はぁーはぁーはぁー」

スズが激しい呼吸を繰り返している。由美の腹部からものすごい勢いで血が流れ出した。

「こ、この、くそ女！」

鎌が地面に落ちた。腹部を手で押さえながらスズは一歩一歩後ろに下がっていく。

「足が……足が！」

そう洩らしながらなおも後ろに下がっていく。スズは、いや、由美は徐々に近づいているのだ。死の場所へ。

「由美！」

叫びながら武は立ち上がり、由美を助けようとした時、再び由美の声が聞こえてきた。

逃げて、早く。

武の足がピタリと止まった。スズが立っている背後には、死に神が手招きをする真っ暗な空間が広がっていた。

「由美……」

パトカーが小学校の前に停まるのが見えた。サイレンの音がやんだと同時に、全てが終わった。

「由美！」

由美の体は屋上から消えた。両手を広げ、後ろから落ちたのだ。そして由美が身を投げた瞬間、本物のスズが由美と重なって見えた。スズの顔は心なしか寂しそうだった。

「由美……」

屋上から下を覗きはしなかった。武はその場で膝をつき、静かに涙をこぼした。
七年後にようやく訪れた一時の再会。
そして一瞬の別れ。これで何もかもが終わったのだ。
『親指さがし』
武はこの言葉を頭の中から消した。永遠に口にすることはないだろう……。
屋上の扉が開いて秋葉が駆け寄ってくるのを見ながら、武の意識は遠のいていった。

2

なま暖かい風が通り過ぎた。屋上での惨劇から二週間が経過していた。スズにやられた肩の怪我も順調に回復していた。あれから間もなく、秋葉に続いて何人もの警察官が駆けつけたらしい。屋上から落ちた由美は病院に運ばれたが、間もなく死亡。鎌についていた指紋と由美の指紋とが一致したことから、一連の事件の犯人は田所由美と断定され、事件の幕は閉じた。武の口からはもう、箕輪スズという名前は出なかった。

あの事件の間に春休みも明け、何事もなかったかのように桜が咲き始め、大学も始まった。二週間前のことがまるで嘘のようだった。

大学二年生になった武はもうじき二十歳になり、成人になる。だが一緒に成人式を迎えるはずだった四人はもういない。七年前のちょっとした遊びがきっかけで、武は大切なものをたくさん失った。残ったのは後悔と罪悪感。武は一生それを背負っていかなければならないのだろう。

この日、武は大学を休んだ。事件の全てを終わらせるために、やらなければならないことが一つだけ残っていたのだ。

供花を手に持った武と秋葉、そして上野の三人は山梨県天界村に到着した。全ての事情を知っている秋葉に天界村に連れていってほしいと武は頼み、この日、約束どおりに秋葉は、上野の運転する車で自宅まで迎えに来てくれた。この件に関しては、武には秋葉しか頼る人間がいなかった。

「それじゃあ行こうか」

もう二度と行くことはないと思っていた。

「はい」

これが最後だった。スズに詫びるために、そして事件を完全に終結させるために、三人は別荘に向かった。

敢えて以前と同じ道を武は選んだ。相変わらずひと気はなく、山田老人の姿も見ることはなかった。

「何だか気持ち悪いな。まだ昼間だっていうのに」

歩きながら秋葉がそう口にした。

「本当ですね。鳥肌が立ちそうですよ」

と、上野は辺りを見回して情けない声を洩らした。

それ以上、三人の間に会話はなく、そのままスズの別荘に到着した。

不気味な空気に包まれたスズの別荘。

「ここか。箕輪スズが殺された別荘は」

「はい。そうです」

以前来たときと何ら変わらない。もうスズに対する恐怖感はなかった。別荘の前には、大きな樹がある。

「この樹……」

そういえば、あの時スズはこう言っていなかっただろうか。

『別荘の前にある大きな樹の下に理由もなく埋めたんだよ』と。

「ちょっと待って下さい！」

足を止めた武は、前を歩く秋葉と上野を呼び止めた。

「どうした？」

振り返る二人に、武は大きな樹を指さした。

「恐らく、この樹です。スズが言っていた大きな樹っていうのは」

「大きな樹？」

怪訝そうに上野がそう訊き返した。

「ええ。最後にスズは、僕に言ったんです。犯人は、別荘の前にある大きな樹の下に私の親指を埋めたのだと」

「それが、どうかしたか？」

秋葉にそう訊かれ、武は迷わず言った。

「探してみます。スズの親指を」

「さ、探すっていったって。おい！」

秋葉の言葉を振り切って、武は樹の前に屈み、素手で土を掘っていく。すぐに秋葉と上野が駆け寄ってきた。

「いくらここに埋めたと言っても、もう二十年も経っているんだぞ？　見つかるわけがないだろう」

秋葉の言葉を無視して、武は無我夢中で土を掘り返していった。どうしても、スズの親指を見つけてやりたかった。

「おい、沢君」

どれだけ深く掘っても、親指は見つからない。まるで何かにとり憑かれたように、武は土を掘り続けた。

「おい」

ない。ない。どこにもない。

「いい加減にしないか、沢君！」

と、秋葉に右腕をつかまれた、その時だった。左の人さし指が、何かに触れた気がした。

「……これだ。これです」

「なに？」

スズの親指だと確信した武は、ひょっこりと頭を出しているそれを、よく見てみた。

「秋葉さん……」

「親指……なのか？」

恐る恐る秋葉にそう訊かれ、武は残念そうに頭《かぶり》を振った。

「僕の勘違いでした……ただの木の根でした」

「なんだよ……」

安心したような、それでいて、がっかりしたようなため息を上野が洩らした。そこでようやく、武も冷静になることができた。

「やっぱり、あるはずがないですよね」

「ああ、そうだよ。でも、ここまでしてやれば、十分じゃないのかな」

秋葉にそう諭された武は、

「そうですよね」

と言って立ち上がり、別荘のドアの前まで歩いていった。

結局、最後まで親指は見つからなかったが、ここまでしたのだから、スズもきっと許してくれるだろう。

「それじゃあ秋葉さん。それを」

武は秋葉の持つ花に視線を持っていく。

「ああ」

そう言って秋葉は扉の前に花を置いた。

「ここでいいかな」

武は静かに頷いた。それから三人は別荘の前で両手を合わせ、目を閉じた。武はスズに心から詫びた。そして安らかに眠るように祈った。

「これで、箕輪スズも天国へ行けるさ」

秋葉の声で武は静かに目を開けた。

「ええ。そうですね」

武はポケットの中から由美に貰ったビーズの指輪を取り出した。

「それは？」

指輪を見つめながら武は小さく首を振った。

「いえ、何でも」

そう言って武は指輪をポケットにしまい込んだ。

「さあ、行こうか」

「ええ」

三人は別荘に背を向けて、歩きだした。不意に武は立ち止まり、別荘を振り返った。

「どうした？」

「いえ」

秋葉と上野は歩きだしていた。しばらく別荘を見つめていると、さよなら、と言う由美の声が聞こえた気がした。武は、さよなら、と呟き、二人の後ろを、駆け足で追った。

車に乗り込み、上野がエンジンをかける。

「シートベルトしたか？」

「はい、大丈夫です」

「よし、それじゃあ帰ろうか」

秋葉の合図で、車はゆっくりと動きだした。

何もかもが終わったという安堵感から、窓外に流れゆく景色を武は呆然と眺めていた。

「恨み続けることしかできなかった女か……」

独り言のように呟きながら、秋葉は続けた。

「でももう終わったんだ。ようやくスズもゆっくり眠れるだろう」

「そうですね」

その後の言葉が続かず、三人ともしばらく黙り込んでいたが、気分を変えようとするかのように、秋葉がラジオのスイッチを入れた。

『……彩さんを殺したと容疑を認めており、動機について阿佐田容疑者は、愛人関係を妻にばらすと脅されたため殺した、と供述しているとのことです。たった今、入ってきたニュースです。先ほど、埼玉県さいたま市飯田町の路上でまたもバラバラ殺人事件が発生しました』

嫌な予感が武の脳裏をよぎった。

『殺されたのは埼玉県内の大学に通っている石松正さん、十九歳。今日の正午過ぎ、買い物帰りの主婦がバラバラの死体を発見し、すぐに警察が駆けつけて現場検証が行われましたが、やはりバラバラにされていた体の一部から左の親指だけが見つからないとのことです。警察では、ここ一ヵ月以内に起きた同様の事件と何らかの関連があるとみて捜査を進めています。では、次のニュースです……』

悪夢を追い払うように、秋葉はラジオのスイッチを切った。

「どういうことだ……？」

秋葉は小さく声を洩らした。

「秋葉さん……まさか」

「箕輪スズか？」

「ま、まさか。由美と一緒に死んだはずじゃ……」

「おいっ、気をつけろ！」

ラジオに注意を奪われ、危うく前の車にぶつかりそうになった上野に向かって、秋葉の怒鳴り声が飛んだ。武は黙って俯いていたが、どこからか冷気のようなものが漂い、心臓が締めつけられるような息苦しさを感じていた。前にもどこかで似たようなことが……。穏やかな春の陽が、窓から降り注いでいるにもかかわらず、武は体の震えを止めることができなかった。ふと顔を上げると、信号待ちをしている前の車の後部座席に座っている女が、フロントガラス越しに目に入った。

「あ、秋葉さん……あれ」

武が指さした先で、長い髪の女の頭が、不自然にくるりと後ろを向いた。

本書は書き下ろしです。
原稿枚数372枚（400字詰め）。

〈著者紹介〉
山田悠介　1981年東京都生まれ。2001年のデビュー作『リアル鬼ごっこ』（文芸社）が10万部を超えるベストセラーとなる。03年に発表した『@ベイビーメール』（文芸社）も、若い世代を中心に圧倒的な支持を得ている。今後の活動が最も注目されるホラー作家。本書『親指さがし』が3作目。

GENTOSHA

親指さがし
2003年9月25日　第1刷発行
2012年1月25日　第29刷発行

著　者　山田悠介
発行者　見城 徹

発行所　株式会社 幻冬舎
〒151-0051 東京都渋谷区千駄ヶ谷4-9-7

電話:03(5411)6211(編集)
03(5411)6222(営業)
振替:00120-8-767643
印刷・製本所:株式会社 光邦

検印廃止

万一、落丁乱丁のある場合は送料当社負担でお取替致します。小社宛にお送り下さい。本書の一部あるいは全部を無断で複写複製することは、法律で認められた場合を除き、著作権の侵害となります。定価はカバーに表示してあります。

©YUSUKE YAMADA, GENTOSHA 2003
Printed in Japan
ISBN 4-344-00395-0 C0093
幻冬舎ホームページアドレス　http://www.gentosha.co.jp/

この本に関するご意見・ご感想をメールでお寄せいただく場合は、
comment@gentosha.co.jpまで。